MARGIT HELGA HOSP

MÄRCHEN, ALLES NUR MÄRCHEN oder

DIE RACHE DER KRÖTEN

ROMAN

Über den Unfug, Ungleiches gleich behandeln zu wollen.

Impressum

Bibliografische Information der Deutschen Nationalbibliothek: Die Deutsche Nationalbibliothek verzeichnet diese Publikation in der Deutschen Nationalbibliografie; detaillierte bibliografische Daten sind im Internet über dnb.dnb.de abrufbar.

Herstellung und Verlag:
BoD – Books on Demand, Norderstedt
ISBN 9 783739211633

FÜR BODO

„Jetzt brennt es langsam. Ich habe nur noch sechs Tage, um den Artikel zu schreiben und an die Redaktion weiterzuleiten – schließlich wollen wir auf die Titelseite. Für die nächste Ausgabe im Bezirksblatt ist es ohnehin zu spät, das schaffe ich nicht mehr. Biiiiiiiitte schick mir die Daten von Deiner Prinzessin. Wenn ich mir alles selber aus den Ergebnislisten (und den Homepages) zusammenklauben muss, brauche ich ewig. Ich habe im Moment entsetzlich viel um die Ohren und daher leider kaum Zeit für Recherchen: Unsere Katze hat Komplikationen von der Operation und liegt beim Tier-arzt auf Station; unser Auto ist komplett durchgerostet, ich krieg kein Pickerl mehr und darf auch nicht mehr damit fahren – wir haben es „mängelfrei" vor zehn Monaten im Autofachhandel gekauft; meine Wohnung ist eine Baustelle – Terrasse und halber Garten aufgegraben, es schaut aus, als wenn eine Bombe eingeschlagen hätte und auch noch eine Mure abgegangen wäre; Sohnemann hat Probleme beim Heer (welcher junge Mann hat das nicht) und ich soll ihn heute um halb elf Uhr abends am Bahnhof abholen (wie soll das gehen ohne Auto?); wie es mir gesundheitlich geht, weißt Du ohnehin.

So, genug gejammert, zumindest ich jetzt verstehen, dass Manche Zigaretten kaufen gehen und einfach nie mehr wiederkommen. Wenn ich so wäre wie andere Frauen, würde ich mir jetzt ein paar Schuhe kaufen oder zum Friseur gehen, und die Welt wäre wieder in Ordnung. Blöd, ich hasse Schuhe kaufen, und Friseure machen mir nur meine Haare kaputt, also was tue ich? Durchhalten, Ärmel aufkrempeln und weiter die Arbeit machen, für die ich eigentlich die (zumindest körperlichen) Kräfte eines Mannes bräuchte. Heulen hasse ich, weil dann meine Augen auch noch scheiße aussehen und mein ganzes Gesicht aufquillt wie bei einem Säufer. Ich bin momentan genau in der Stimmung, in der sich Männer einen ansaufen gehen. Blöd, dass ich Alkohol überhaupt nicht leiden kann. Hoffentlich habe es wenigstens geschafft, Dich spätestens jetzt zum Lachen zu bringen."

Als ich dieses Email vor einigen Tagen beim Aufräumen des Computers gefunden habe, musste ich selber lachen. Mit Humor geht eben alles leichter. Rückblickend auf die schier nicht zu bewältigenden Arbeitsberge, die mir jeder Tag als alleinerziehende Mutter schon früh am Morgen servierte, wundere ich mich, dass mir das Lachen immer noch nicht vergangen ist.

***

Zwischen den Fronten bin ich geboren worden, mitten hinein in einen beginnenden Krieg, den Krieg zwischen Mann und Frau, und ich hatte auch noch das Pech, als Frau geboren zu werden. Nicht gleich als Frau, zuerst war ich natürlich ein Mädchen. Fräulein wurde ich erst später, da hat man das Wort noch benützen dürfen, hat sich sogar über die Anrede gefreut, hat sie doch bedeutet, dass man schon als erwachsen registriert wird und gleichzeitig noch so jung wirkt, dass niemand für möglich hält, man wäre schon (Ehe)Frau und Mutter. Schade, dass irgendjemand es für nötig befunden hat, dieses Wort abzuschaffen. Ist es wirklich so demütigend, wenn man, jung und knusprig, etwas anders angesprochen wird, als im Alter? Der eventuelle Grund, es gäbe keine vergleichbare Anrede im männlichen Bereich und dies daher im weiblichen auch abgeschafft, also gleich gemacht, werden müsse, will mir ganz und gar nicht einleuchten. Zugegeben, Männlein klingt wirklich nicht erhöhend und Herrlein auch nicht viel besser. Wem haben wir weiblichen Wesen diese Wortstreichung bloß zu verdanken? Erstaunlicherweise hat man diese Verniedlichungsform nur aus der deutschen Sprache verbannt. (Was ist eigentlich so schlecht daran, niedlich zu sein?) Die Franzosen, Italiener und alle englischsprachigen Weltbürger, einschließlich der fortschrittlichen Amerikaner, dürfen immer noch ungestraft ihre weiblichen Wesen im Übergang vom Kind zur Frau mit mademoiselle, signorina oder miss ansprechen.

Das Licht der Welt erblickt habe ich fast genau zu der Zeit, als Österreich seine Freiheit wiedererlangte, zehn Jahre nach Ende des großen Krieges. Hatte da alles angefangen, nachdem einige Frauen ihre Freiheit, die sie während des Krieges offensichtlich hatten, ihre Männer waren ja im Krieg, wieder aufgeben mussten, oder sie weiterbehalten durften, je nachdem, ob ihnen der Krieg ihre Männer wieder zurückgegeben oder sie behalten hatte? Sind die Frauen da auf die fatale Idee gekommen, dass es ohne Männer auch gehen könnte? Oder haben die Frauen in ihrer Wut, die auf die Trauer folgte, beschlossen: „Wenn ich keinen Mann mehr habe und alles alleine schaffen muss, sollen die anderen auch keinen haben und schauen, wie sie allein zu Recht kommen"? (Logisch wäre es schon, denn wenn es um die gesunde Watsch'n geht, sagen ja auch alle „mir hat das nicht geschadet, also wird's dem Kinde auch nichts tun")

Mitten hinein in diese Möglichkeit war ich also geboren worden, aufgewachsen und erzogen dann zwischen den Fronten, im Graben höchst zwiespältiger Aussagen und Erziehungsmuster.

Einerseits sollte ich zu einer „richtigen Frau" heranwachsen, was hieß: lieb und folgsam sein, adrett und hübsch gekleidet; alle Fertigkeiten erlernen, die ich als zukünftige Hausfrau benötigen würde, also Nähen, Stricken, Kochen, Waschen, Schuhe putzen; andererseits sollte ich lernen „meinen Mann zu stehen", sprich gute Noten haben, um einen Beruf zu erlernen.

So wuchs ich auf wie eigentlich fast alle anderen Mädchen der Fünfziger Jahre auch, allerdings doch sehr irritiert von den widersprüchlichen Äußerungen in meinem Umfeld gegen das Ehefrau- und Muttersein. Noch heute rauschen die Aussagen von vielen - wohlgemerkt allesamt gut und sicher verheirateten - Ehefrauen und Nur-Müttern in meinem Kopf: „Sei ja nicht so dumm zu heiraten, einem Mann den Haushalt zu führen und dir mit den Kindern, die er dir anhängt, die Figur und das Leben zu versauen. Lern etwas Gescheites und verdiene dein eigenes Geld". Nachdem diese Worte hauptsächlich von meiner Mutter und deren Schwestern stammten, ist nachvollziehbar, dass ich diese Frauen nicht gerade für extrem klug hielt. Wieso sagten sie so etwas? Sie waren doch verheiratet, führten einem Mann den Haushalt, hatten Kinder. Ihre Figur hatten sie sich, gut sichtbar, wirklich versaut. Ich glaube aber nicht

11

durch ihre Kinder, sondern durch zu vieles Essen. Mit ihren Aussagen haben eher sie das Leben ihrer Kinder versaut, als umgekehrt. Lustig war es jedenfalls nicht, sich ewig schuldig zu fühlen am versauten Leben dieser Frauen.

So klein ich noch war, für mich passte das alles nicht zusammen. Es stimmte nicht überein, das, was ich hörte, mit dem, was ich sah, und ich war hin und her gerissen von der Faszination, die Papas Werkstätte samt allem, was man darin machen und auch lernen konnte, auf mich ausübte und dem Wohlgefallen, das Mutter an mir fand, wenn ich geschickt mit ihr in der Küche hantierte.

Und damit begann das wirkliche Dilemma. In meinem Graben zwischen den Fronten wuchs ich als ausgesprochen hübsches und fatalerweise auch noch ausnehmend kluges Mädchen heran. Meine Mutter sorgte dafür, dass ich alles erlernte, was eine perfekte Hausfrau zu können hat .Wozu, wenn ich sowieso nicht heiraten sollte und einem Mann den Dreck wegputzen und ihn bekochen, fragte ich mich nicht nur einmal, aber nicht sie laut, weil es dafür recht unangenehme Hiebe gesetzt hätte. Heute hege ich schon lange den leisen Verdacht, dass sie mir das alles nur beibrachte, damit ich ihre billige Haushaltshilfe sein und ihr helfen konnte, ihre nach mir noch zahlreich folgenden Kinder zu versorgen.

Mein Vater freute sich über seine kluge, wissbegierige Tochter und zeigte mir bereitwillig „wie man Männerarbeit verrichtet", erklärte mir die Welt und stopfte fast alle Löcher, die ich im Laufe der Zeit in seinen Bauch gefragt hatte. Und er sagte, wenn auch mir in mädchenhafter Verzweiflung über dieses und jenes doch einmal dicke Tränen über die Wangen kullerten, Sätze wie: „Ja, ja, plärr nur, dann musst du weniger oft pieseln gehen".

Irgendwie war es lustig und ganz blickte ich mit meinen jungen Jahren nicht durch, was die Erwachsenen wirklich wollten. Mama, streng darauf erpicht, mir beizubringen eine perfekte Hausfrau zu sein, mich mädchenhaft zu kleiden und zu gefallen, obwohl ich ihrer Ansicht ja nicht heiraten sollte. Vater, der mir sein Wissen und Können in der Werkstatt beibrachte, damit ich klug und klüger würde und alles selber machen könnte: „Komm her, ich lern dir wie man das macht, dann brauchst du nicht irgendeinen Dahergelaufenen zu heiraten, nur weil du keine Glühbirne tauschen kannst und das Kabel am Bügeleisen reparieren."

Was außerhalb unseres Gartenzaunes vor sich ging, von dem bekam ich kaum etwas mit – Nachrichten und Zeitungen waren für Erwachsene, nicht für Kinder, Fernsehen sowieso kein Thema, also hatte ich keine Ahnung, dass sich da draußen für Mädchen einiges zu ändern begann.

Ich nahm von beiden Seiten, was ich an „Ausbildung" kriegen konnte und versuchte, mich mit unerwünschten Fragen nicht unbeliebt zu machen, ging hübsch zurechtgemacht mit Kleidchen und weißen Strumpfhosen (die am Abend immer noch strahlend weiß und ohne jeden Fleck sein mussten) zur Schule, freiwillig sogar auch am Nachmittag. Dort zerrte mich niemand einmal in diese und einmal in die andere Richtung, dort hatte ich meine Ruhe. An den freien Tagen jonglierte ich mich mit zugebundenen Haaren, kurzen Hosen und aufgeschlagenen Knien zwischen Vaters Werkstatt und dem Hühnerstall auf Gartenhausdach und Apfelbaum. Wenn das Leben beschlossen hatte, mir größtes Glück und Freude in der selten zur Verfügung stehenden Form von Büchern zu bescheren, saß ich stundenlang auf der Schaukel im Garten und verschwand buchstäblich zwischen den bedruckten Seiten, unterbrochen nur von dem Ruf aus Mutters Küche, der mich schockartig wieder in die Wirklichkeit des Frauwerdens zurückholte, Geschirrspülen war angesagt.

***

Jahre später, endlich reif fürs Berufsleben, fürs Selber-eigenes-Geld-verdienen, ausgestattet mit der höhere-Töchter-Ausbildung an einer katholischen Privatschule, war für mich endgültig Schluss mit Lustig. Den Traum meiner Mutter, mich an der Knödelakademie (=Ferrari Schule) einzuschreiben, habe ich, in einem damals seltenen Anfall von Mut, kurzerhand mit der Drohung abgewürgt, dass ich dafür sorgen würde, mit siebzehn ein Kind zu bekommen, wenn sie das tue. Das hatte zu meiner größten Überraschung gewirkt, was mich heute noch erstaunt, und sie ließ davon ab. Der Blamage eines ledigen Kindes zu entgehen, war ihr dann doch wichtiger, als mich als Hausfrau mit Matura auf den Heiratsmarkt zu schicken.

Mein Wunsch – und der war im Jahre 1969 für ein Mädchen schon als kühn zu bezeichnen – an der Gewerbeschule eine Ausbildung als Restaurateurin zu beginnen, wurde von meinem Vater kurz mit der Bemerkung „zu diesen langhaarigen Gammlern gehst du nicht" abgeschmettert. Jetzt hatte ich endgültig keine Ahnung mehr, was ich mit meinem ausgezeichneten Abschlusszeugnis anfangen sollte. „Eine Lehre kommt nicht in Frage, dazu bis du zu klug" hatte jegliches Vortasten in diese Richtung ohnehin im Keim erstickt. In dieser Notlage schloss ich mich kurzerhand einigen Freundinnen an, die sich für den Besuch der Handelsschule entschieden hatten. Diesen meinen Entschluss quittierte meine Mutter freudenstrahlend mit: „Das ist super, da kannst du Sekretärin werden und deinen Chef heiraten".

Bitte, wie war das? Ehrlich gesagt, wenn ich je in die Verlegenheit gekommen wäre, einen meiner Chefs, die abgesehen davon sowieso fast alle schon verheiratet waren, heiraten oder auch nur küssen zu müssen, ich hätte mich in die Fluten des Inn gestürzt.

***

Irgendwann hatte ich das alles überstanden, war ohne massivere Schäden achtzehn Jahre alt geworden, aus dem Elternhaus geflüchtet und saß eines Abends mit irgendetwas beschäftigt am Wohnzimmertisch.

Ich wollte meinen Ohren nicht ganz trauen, als aus unserem Fernseher eine, mir äußerst unangenehme Frauenstimme dröhnend verkündete, dass Frauen selber fähig wären, sich den Mantel auszuziehen und stark genug seien, sich die Türe selbst aufzumachen, sie bräuchten dazu keinen Mann. Ich drehte mich erstaunt zum Fernseher, sah zu der Dame, deren Worte unerlaubt durch mein Wohnzimmer spazierten, und sagte kurz und knapp: „Wer bitte sollte denn auf die Idee kommen, der da aus dem Mantel zu helfen oder die Tür aufzuhalten? Der schlägt doch jeder Mann die Türe vor der Nase zu, aus Angst, sie könnte hinter ihm herlaufen".

Na ja, ein loses Mundwerk hatte ich immer schon, meistens hielt ich das geschickt verborgen. Mit meinem Kommentar habe ich natürlich meinen Verlobten und dessen Freund, die kopfschüttelnd das Szenario am Bildschirm verfolgt hatten, zum Lachen gebracht, wie so viele andere auch, jedes Mal wenn ich davon erzähle. Inzwischen hat sich die Dame schon lange als lesbisch geoutet und trägt

Lippenstift (Frausein ist also doch nicht so übel?) und mir ist immer noch - und immer mehr - unerklärlich, wie sie es geschafft hat, mindestens zwei Generationen von Frauen dazu aufzuhetzen, sich wie Männer aufzuführen, auf Männern permanent herumzuhacken und sich einzubilden, Männer bräuchte man nicht - zumindest nicht zum direkten Kontakt, als Samenspender sind sie ja nach wie vor gefragt, aber bitte auf Umwegen über ein Reagenzglas.

Die Idee, dass Frauen mehr Rechte als im Mittelalter bekommen sollten, war ja gut, absolut notwendig und wird wohl von niemandem, der halbwegs bei Verstand ist, angezweifelt. Emanzipation ist aber nicht zu verstehen als Gleichmacherei, sondern als Gleichberechtigung und beinhaltet für mich vor allem das Recht der Frau, selbst entscheiden zu können, ob sie Karriere macht, indem sie unentgeltlich zu Hause für Mann und Kinder arbeitet oder außer Haus gegen Entlohnung.

Ich persönlich würde ja lieber meinem eigenen Ehemann einen Kaffee kochen, als einem fremden Chef. Dem Ehemann könnte ich schlimmstenfalls die Kaffeetasse nachwerfen (treffen sollte ich ihn halt nicht). Bei einem Chef würde ich das eher nicht empfehlen – zumindest funktioniert das nur einmal und weg ist der Job, und zwar ohne ich-krieg-die-Hälfte-Deines-Vermögens-und-auch-noch-monatlichen-Unterhalt.

Was soll schlecht daran sein, wenn Frauen das Recht zugestanden wird, Frau zu sein – das heißt für mich Ehefrau und Mutter sein, also im Haus für alles sorgend - und selbst zu entscheiden, ob sie für Gottes Lohn im Haus oder für bares Entgelt für andere außer Haus arbeiten will. Aber genau dieses Recht wird uns jetzt immer mehr abgesprochen, bedauerlicherweise nicht einmal von Männern, sondern meist von anderen Frauen, und sie sehen nicht ein-mal, dass damit den Kindern das Recht auf persönliche Betreuung durch die Mütter weggenommen wird. Man schafft sich doch kein Kind an, um es dann wieder weg-zu-organisieren in Fremdbetreuung und Tagesschule!

Die Rechte, die Männer mit dem Unter-schreiben der Heiratsurkunde auf dem Standesamt erworben haben, die lasse ich vorläufig gänzlich außer Acht.

Sehr gut finde ich auf jeden Fall, dass Frauen, die keine Kinder wollen, auch keine bekommen müssen und anstatt dessen ihr Heil im Geldverdie-nen-außer-Haus finden können. Das ist besser für alle Beteiligten, denn unerwünschte, aber trotzdem zur Welt gebrachte und dann ihr Leben lang für ihr auf-die-Welt-gekommen-sein gehasste Kinder gibt es sowieso schon viel zu viele. Das ist schon einmal ein Vorteil, dass „Frau" nicht mehr unbedingt ein Kind haben muss, um gesellschaftsfähig zu sein.

"Ist doch so, oder?", regt sich das Teufelchen in meinem Kopf, denn ausgerechnet jetzt muss ich an den, als Augen-und Ohrenzeuge miterlebten, verbalen Ausrutscher einer ehemaligen, allseits beliebten Bürgermeisterin meiner Geburtsstadt denken, der mir minutenlang wirklich die Sprache verschlagen hat. Und, dass mir etwas die Sprache verschlägt, kommt nicht oft vor. Der Anlass war die Eröffnung eines großen Kunstevents. Die Initiatorin war eine meiner besten Freundinnen, und ein paar Monate zuvor zum ersten Mal Mutter geworden. Die Frau Bürgermeister sagte in ihrer Ansprache doch tatsächlich:"......und jetzt ist Frau N. eine richtige Frau, jetzt hat sie einem Sohn das Leben geschenkt." Bitte? Wie war das eben? Nachdem ich mich von dem Schock der Aussage erholt hatte, hätte ich fast laut losgebrüllt vor Lachen. Der Gag an und für sich war nämlich der, dass die Rednerin selbst kin-derlos war! Also durfte ich schlussfolgern, dass da am Rednerpult am Mikrofon keine Frau stand? Auch im einundzwanzigsten Jahrhundert ist es also doch immer noch so, dass man erst eine richtige und vollwertige Frau wird, wenn man Kinder zur Welt gebracht hat? Darf man dann - bitte, bitte - vorher doch wieder Fräulein sagen?

Ich frage mich immer öfter und allen Ernstes, ob „Emanzipation" (oder zumindest das, was daraus gemacht wurde) für uns Frauen wirklich eine Verbesserung ist? Früher haben Frauen den Männern den Haushalt geführt, deren Kinder bekommen und aufgezogen, ihnen nächtens Vergnügen und Freude bereitet (ja okay, nicht alle und viele nicht wirklich mit Begeisterung) und als Gegenleistung gab es freie Unterkunft und Verpflegung, und wenn der Gatte großzügig war, auch noch ein nettes Taschengeld, Geschenke und andere brauchbare materielle Belohnungen. Heute sollen Frauen den Männern den Haushalt führen, deren Kinder bekommen und aufziehen, ihm des Nachts mit Freuden dienlich sein – und sich ihren Lebensunterhalt selber verdienen!! Und das soll ein Fortschritt sein? Ja, ist es! Ein riesen Schritt fort und weg von allem, was es je angenehm gemacht hat Frau zu sein und was Männern Anlass und Grund wäre, uns bei sich haben zu wollen, für uns zu sorgen und uns zu beschützen.

Einer der bedeutendsten Verhaltensforscher unserer Zeit bezeichnet Emanzipation als Verstoß gegen uralte Naturgesetze. In Höhlen-Menschen-Zeiten gebar Frau dem Mann den Nachwuchs und versorgte diesen, hielt die Höhle warm und sauber. Als Gegenleistung brachte Mann ihr Nahrung und bot ihr Schutz in seiner Höhle. Kinder gelten inzwischen als unbequem und karrierezerstörend, kochen kann und will frauliches Wesen eigentlich überhaupt nicht mehr und aufräumen soll er gefälligst selber. Wenn Männer nichts mehr dafür bekommen, wozu sollen sie dann bezahlen und beschützen? Bloßen Sex können sie sich sowieso nach wie vor kaufen.

***

Ja, jetzt haben wir den Salat. Etwas, das angefangen hatte, um Frauen zu mehr Rechten zu verhelfen, zu mehr Anerkennung ihres Tuns in der Gesellschaft, zur Freiheit jegliche Bildung zu erlangen und Mitbestimmung im politischen Geschehen, ist ausgeufert in „ich will haben, immer mehr und mehr, und ich will dann sein wie er".

Die Generation meiner Mutter war es, die mit dem Schmarrn „Frauen brauchen keine Männer" angefangen hat, und die Töchter (und vor allem auch die Söhne!!) meiner Generation müssen es jetzt ausbaden.

Mädchen und junge Frauen sind gar nicht um so vieles anders, als wir es damals waren, auch wenn viele versuchen uns allen das andauernd einzureden. So sind wir doch auch gewesen, und die Träume, Hoffnungen und Zukunftspläne haben sich doch gar nicht so sehr verändert. Da war vor einigen Monaten diese erfolgreiche junge Sängerin, einundzwanzig Jahre alt, die Matura in der Tasche, beim Sonntag-Morgen-Radio-Frühstück zu Gast. Die Frage der Moderatorin, ob alle Erfolge jetzt hinter ihr lägen, verneinte sie und die nächste Frage, welche Erfolge sie denn noch erwarte, beantwortete sie spontan und freudig mit, ein Kind, Hausmutti sein eben, sie koche gerne, backe Muffins, ein Haus vielleicht. Na also, es bezeichnen auch im einundzwanzigsten Jahrhundert junge und gebildete Frauen das Kinderbekommen und Nur-Hausfrausein als vorrangig erstrebenswerten Erfolg, stellen diesen höher, als Geld verdienen und Preise gewinnen. Das sagt wohl genug! Beruhigend ist es auch; es scheint doch noch nicht alles verloren.

Ich kenne viele junge Leute und habe zu ihnen, trotz der vielen Jahre, die uns trennen, ein sehr gutes Verhältnis; sie mögen mich einfach, spüren das Verständnis, das nicht zwischen den Jahren vergessene eigene Jungsein. Dadurch erfahre ich sehr viel Persönliches, viel mehr wahrscheinlich, als sie ihren Eltern erzählen. Sie sprechen mit mir über ihren Ärger mit den anderen Erwachsenen, ihre Hoffnungen, Zukunftspläne und Träume. Egal, ob Bursch oder Mädel, mit kaum einer Ausnahme möchten sie alle irgendwann eine Familie gründen, wollen heiraten und Kinder kriegen, mehrere, nicht nur eins, zwei oder drei würden sie sich wieder „antun". Aber sie sind sich nicht sicher, wie das gehen soll. Besonders die Mädchen nicht, weil sie genau wissen, dass sie zuerst eine Ausbildung machen müssen. Dagegen hat auch keine etwas einzuwenden, nur, dann haben sie mit neunzehn Jahren die Matura und die macht man, um zu studieren;

wenn das Studium beendet ist, sind sie im besten Fall - weil Papa oder Mama das Studium finanzieren konnten und sie nicht den größten Teil der Zeit mit Geld verdienen verbringen mussten - im Alter von Mitte Zwanzig. Dann braucht es noch mindestens zwei bis drei Jahre Berufserfahrung, denn ohne Praxis kann man gleich alles vergessen und hat umsonst studiert. Ja, und dann sind die Mädchen beinahe dreißig Jahre alt, wenn sie endlich daran denken können, sich ihren Kinderwunsch zu erfüllen.

Noch Mitte der Neunziger Jahre galt die Schwangerschaft einer Frau, die mit dreißig Jahren ihr erstes Kind erwartete, als Risikoschwangerschaft!! Niemand kann mir erzählen, dass sich die Evolution so rasend schnell bewegt hat, dass der Körper einer Frau sich an den Unfug angepasst hat, so spät Kinder zu gebären.

Und hört, hört, auch die meisten jungen Männer haben in ihren Zukunftsplänen die Option Familie, also heiraten und Kinder kriegen, eingebaut. Ja, sie würden sehr wohl heiraten, wenn sie ein Mädchen fänden, das noch kochen kann und vor allem will, ein Kind haben möchte und bereit ist, zumindest die ersten zwei Jahre beim Kind zu Hause zu bleiben; sie würden dann halt alleine das Geld für die Familie verdienen und sie müsste nur einverstanden sein, dass man sich eben eine Zeit lang ein bisschen einschränken müsste.

Wenn ich das zu hören bekomme, dann habe ich wieder Hoffnung, dann bin ich erleichtert und freue ich mich über die jungen Leute. Es war schon immer in der Hand der Jugend, etwas in der Gesellschaft zu ändern oder eben nicht. Die meisten von den jungen Menschen – wohl gemerkt, fast alle im akademischen Niveau oder zumindest mit Matura – haben es wohl am eigenen Leib oder in ihrem Freundeskreis erfahren, wie es ist, entweder den ganzen Tag fremdbetreut oder als Schlüsselkind zu Hause auf sich alleine gestellt zu sein, und das wollen sie ihren Kindern wohl nicht antun.

Bei einer Gesprächsrunde im Fernsehen vor einigen Wochen kommentierte der bekannte Jugendforscher Haselbauer die unter den jungen Männern und Frauen zunehmend vorherrschende Meinung, dass es für alle Beteiligten auf jeden Fall besser sei, wenn die Mütter wieder zu Hause bei den Kindern bleiben, mit den Worten: „......und ich befürchte, dass sie damit Recht haben......". Ich getraue mich jetzt einfach zu behaupten, dass sie damit auf jeden Fall Recht haben.

***

Seit meiner Geburt sind schon so viele Jahre vergangen, dass das Schicksal genug Zeit hatte, für mich viele verschiedenartige Überraschungen in meinem Lebensraum zu verstecken. Ich kenne so ziemlich alle Varianten von „Frauen-Leben". Ich weiß, wie es sich anfühlt und genießen lässt, von einem Mann auf Händen getragen, verwöhnt und umsorgt zu werden. Ich kenne aber auch den Frust und die wuterzeugende Hilflosigkeit, nach acht Stunden hochkonzentrierter Kanzleiarbeit nach Hause zu kommen, wo die gesamte Hausarbeit als Abendvergnügen auf mich wartet, und mein Ehemann nicht mit anpackt, sondern seine wohlpedikürten Füße auf den Glastisch legt. Das mit dem Glastisch wäre nicht das Problem gewesen, sondern, dass ich mir wie ein kompletter Trottel vorkam, bei allem die Hälfte der Kosten zu tragen, bloß die Hausarbeit durfte ich alleine machen, leider hatte ich die Gedanken in meinem Kopf nicht laut geschaltet. Und ich kenne auch die Variante Teilzeit-außer-Haus-arbeiten, natürlich ganze Hausarbeit, aber dafür zahlt er die gesamten Wohnungskosten. Unglücklicherweise kenne ich auch die weniger leichten Spielarten des Frau Seins, die ich mir nicht freiwillig selber ausgesucht habe, nämlich: alleinerziehend mit einem und dann zwei Kindern, wechselweise mit Halbtags- und Ganztags-

Arbeit-außer-Haus, das natürlich inklusive Frauen-
und Männerarbeit im Haus. Letzteres beinhaltete
auch Möbel schleppen und zusammen-bauen, mit
der Bohrmaschine hantieren, auf der Leiter
balancierend Wand und Decke streichen; Lampen
montieren; Garten umgraben und Rasenmähen.

Wie gelegen kam mir da die vorbildliche
Ausbildung in der Werkstätte meines Vaters, der
mir, da er mich ja gelehrt hatte, wie ich das selber
mache, eher selten behilflich war. Wäre aber nötig
gewesen, denn ich habe bald herausgefunden, dass
mir zwar keine fachlichen Kenntnisse fehlten, aber
die dafür notwendige Körperkraft. Da nützte auch
nicht, dass ich mich im Fitnessstudio zur zweit-
stärksten Frau hochtrainiert hatte (bei „zweit-
stärkste" habe ich es dann belassen, weil mein
Körper langsam anfangen wollte, seine weiblichen
Formen in eher männliche Muskeln zu verwandeln).
Meine Kraft reichte allemal aus, um den ersten
Schreibtisch meines Sohnes zusammenzubauen und
in diesem circa dreißig Schrauben händisch zu
versenken. Massivholz! (Nein, nicht aus dem
schwedischen Möbelhaus, andere haben auch solche
viele-einzelne-Platten-zum-Zusammen-schrauben-
Möbel, aber da bleiben Unmengen von Schrauben
übrig!)

Das Ding stand endlich fertig vor mir, leider etwas wackelig, obwohl ich jeden einzelnen Schrauben mit der Aufbringung meiner allerletzten Kraftreserven angezogen hatte und keine auch nur einen hundertstel Millimeter mehr zu bewegen war. Blieb mir also nichts anderes übrig, als bei meinem Bruder zu läuten und ihn um Hilfe zu bitten. Er nahm den Schraubenzieher, machte mit seiner Hand zwei, drei lockere Drehungen an jedem Schrauben, rüttelte am, plötzlich fest wie ein Stein dastehenden, Schreibtisch, grinste charmant übers ganze Gesicht und sagte mit einem schadenfrohen Blitzen in seinen blauen Augen: „Fehlt dir a bissele Kraft, Schwesterle?". „Paahh, super, leicht gesagt für einen dreißig jährigen Mann mit fast einem Meter neunzig", habe ich mir gedacht, gesagt aber habe ich: "Sei froh Brüderchen, sonst würde ich dich ja gar nicht brauchen". Und beide haben wir gelacht. Die Begebenheit wurde zum „running gag", jedes Mal, wenn im Freundes- oder Familienkreis irgendwo das Thema auftaucht „Frauen können Männerarbeit machen", weil es ein so nettes Beispiel dafür ist, dass Frauen für Männerarbeit eben nicht geeignet sind, weil ihnen die biologischen Voraussetzungen dafür fehlen.

***

„Wenn eine Frau unbedingt LKW- oder Bus-Fahrerin sein will, bitte, meinetwegen, ich hab nichts dagegen. Sie soll sich dann aber auch den verbogenen Seitenspiegel selber geradebiegen und nicht losheulen, weil sie den Bus an den Zaun gefahren hat", war der Kommentar eines Mannes während einer Diskussion im Saunastüberl. Ihm gehörte mein vollstes Verständnis. Männer plärren auch nicht los, wenn sie ihren Bus zu Schanden fahren.

Mädchen können meinetwegen auch ruhig Automechanikerin werden, aber nur, wenn sie stark genug sind, das Getriebe aus dem Motor zu hieven. Wie kommen ihre männlichen Kollegen dazu, das Schwierige dann für sie zu erledigen. Ein männlicher Mechaniker Lehrling muss das auch alleine schaffen. Dass da die Männer sauer werden, kann doch nicht wirklich noch irgendjemanden wundern.

Wie sauer die inzwischen schon geworden sind, merkte ich vor ein paar Tagen im Bus, als ich mir wirklich alle Mühe gab, den in der ersten Reihe, am äußeren Platz am Gang sich richtig breit gemacht sitzenden Herrn mit einer neben sich platzierten Plastiktasche, charmant lächelnd zu fragen, ob ich mich setzen dürfe (leider, kein Märchenprinz, sondern Marke unattraktives frustriertes Mittelalter). Prompt schnauzte er mir die Antwort entgegen: „Nein, da können sie nicht sitzen, auf dem Platz da ist eine Suppe". Ich deutete, immer noch bemüht, den Versuch eines Lächelns auf meinem Gesicht zu halten, auf das Zeichen „für Behinderte" und er fuhr mich barsch an, dass ich das früher hätte sagen müssen und räumte mit seiner Suppe, mehr als wider-willig und nicht gerade freundlich schauend, den Platz.

Der Busfahrer grinste mich aus dem Rückspiegel vielsagend an, als ich in seine Richtung murmelte: „Es hat doch einmal Zeiten gegeben, da haben Männer einer Frau automatisch Platz gemacht, oder?". Von einer Reihe weiter hinten zischte der Suppen-Mann so richtig zynisch und verbittert, wie man das gemeinhin nur von Frauen im Klimakterium gewohnt ist: „Das ist seit der Emanzipation vorbei!"

Das bestätigte wieder einmal meinen Verdacht, dass Männer nicht nur stocksauer sind, sondern sich jetzt an den Frauen rächen. Ja, das habt ihr nun davon!

Noch etwas frage ich mich schon seit Längerem: „Wieso soll denn eigentlich ein Mann, der acht oder neun Stunden außer Haus dafür sorgt, dass er genug Geld verdient, damit Frau sich zu Hause um Kind und Nest kümmern kann, der gemeinsame Urlaub und das Auto bezahlt wird, mit dem sie bequem zum Einkaufen und zum Kinderarzt fahren darf – er hat ja die Pendlerkarte für die Öffis – wenn er dann am Abend nach Hause kommt, den Mülleimer runtertragen, wo sie doch den ganzen Tag dafür Zeit hatte?" Und es ja nicht einmal der von ihm verursachte Müll, denn er war ja den ganzen Tag nicht zu Hause!

Tut mir leid, meine Damen, aber dafür fehlt auch mir das Verständnis. Das ist für mich nicht Gleichberechtigung und Arbeitsteilung. Die Forderung nach Teilung der Hausarbeit ist doch wohl nur berechtigt, wenn Beide gleich lange außer Haus arbeiten und Beide gleich viel zur Bestreitung der Kosten beitragen (einfaches Rechenbeispiel: sie Ganztagsjob + er Ganztagsjob = Hälfte Hausarbeit + Hälfte Kosten für jeden). Dass bei allen anderen Ansinnen auf Arbeitsteilung einer von beiden sauer wird und sich als ausgenützter Trottel fühlt, ist einfach nur logisch.

Eine Frau solle gleich viel verdienen wie ein Mann? Einverstanden, aber nur, wenn sie sich das Abendessen, die Kinokarte und Bardrinks selbst bezahlt, sich die Blumen und Geschenke, die sie von ihm erwartet, selber kauft und sich halbe/halbe an den Einrichtungskosten für die Wohnung beteiligt, die er ja schon auf eigene Kosten fix und fertig eingerichtet haben soll, wenn sie sich dazu entschließt, bei ihm einzuziehen, um dort überall ihre Frauenutensilien zu verteilen, das heißt in den meisten Fällen, seine Wohnung mit ihren Dekorationsstücken und Pölsterchen zu verwüsten und seine Unordnung in unauffindbar zu verwandeln, weil einfach weggeworfen ohne Erlaubnis.

Vor allem frag ich mich, wie soll gleicher Lohn für Mann und Frau realisierbar sein, wenn es nicht einmal gelingt, dass in derselben Stadt Kindergartenpädagogin und Kindergartenpädagogin gleich viel verdienen und gleich viel Urlaub bekommen.

Ich erinnere mich noch gut an den Zeitungsartikel vor zwei, drei Jahren, in dem eine Politikerin meines Heimatlandes dagegen auftrat, dass Kindergartenpädagoginnen im Sommer neun Wochen Urlaub haben, da sie finde, fünf Wochen wie in anderen Berufen auch üblich, müssten reichen. Eine Frau neidet also einer anderen Frau den Urlaub, habe ich das richtig verstanden? Begründet wurde das Ganze übrigens damit, es sei für Unternehmen zu schwierig, den Urlaub ihrer Angestellten auf den Urlaub der Kindergartenpädagoginnen abzustimmen. Aha, so ist das also. damit es für eine Gruppe von Frauen (Unternehmerinnen, wie auch die betreffende Politikerin eine ist) leichter wird, macht man es den anderen Frauen anstrengender und schwerer? Der Clou an der ganzen Sache ist an und für sich schon, dass sich Kindergartenpädagoginnen, im Gegensatz zu Lehrern, den längeren Jahresurlaub ohnehin selber finanzieren müssen, das heißt, dass sie dafür monatlich Abzüge in Kauf nehmen und so gesehen nichts anderes tun, als zum gesetzlich zustehenden Jahresurlaub noch vier Wochen unbezahlten Urlaub dazu zu nehmen. Wenn solche Ungleichstellungen von Frauen schon innerhalb einer Berufsgruppe möglich sind und auch voll durchgezogen werden, wie soll das dann gehen, dass Männer und Frauen gleichgestellt werden? Ungleich und verschieden, wie die sind? Da glaube ich doch eher noch an Märchen, als an diesen Unfug.

***

Vielmehr als Unfug ist es meiner Meinung nach auch nicht, wenn verzweifelt versucht wird, einen geschlechtslosen Einheitsbrei zu schaffen, indem man die Sprache manipuliert und – übrigens teilweise dann vollkommen unrichtig in Grammatik und Rechtsschreibung – aus Wörtern mit eindeutig männlichem Geschlecht (deutlich zu erkennen am Artikel „der") mittels Anhängens eines, wohlbemerkt mitten im Wort groß geschriebenen Is (wie Ida) und einem oder zwei N (wie Nordpol), BinnenI nennen sie das dann. Um obiges zu entwirren ein Beispiel: liebe LeserInnen.

Jedes Mal, wenn ich so etwas sehe (lese) regt sich in meinem Kopf ein kleines Teufelchen. Ich kann es nicht lassen und muss das unbedingt weiterspinnen, haben mich doch Wortspiele immer schon fasziniert.

Obiges Beispiel mag ja grammatikalisch usw. richtig sein, wenn das Ansinnen ist, männliche und weibliche Leser in der Mehrzahl anzusprechen, was aber, wenn ich nur einen Leser und eine Leserin erreichen möchte? Dann wird der männliche Leser weiblich? Ich mein ja nur, weil das Adjektiv nur in der weiblichen Form dasteht, und....

Dem Fass den Boden endgültig ausge schlagen hat dann - ja, natürlich wieder - eine Frau, wer oder was denn sonst, in ihrer Eröffnungsrede einer großen Messeveranstaltung mit den Begrüßungs-worten: „liebe Gäste und GästInnen". Das darf jetzt ausnahmsweise einfach so stehenbleiben, denn, um das weiter zu erörtern, fehlen mir die Worte, zumindest solche, die noch lieb und nett wirken und dem Verhalten einer Dame entsprechen. Mir fällt dazu nur noch der Satz eines in der Materie bestens bewanderten Arztes ein: "Normalität kann Wahnsinn nicht verstehen". Alles weitere, was ich dazu sagen würde, wäre abgrundtief böse.

Ich frage mich nur - und das schon lange und jetzt immer öfter - wie unwichtig und winzig klein muss man sich fühlen, wenn man auf solch lächerliche Dinge besteht?

Solch einfach nur lächerliche Dinge, wie das Beharren auf der Erwähnung von „großen Töchtern" in der Österreichischen Bundeshymne. Den Text hat eine Frau geschrieben!!! Eine Frau, die offensichtlich so selbstbewusst und stark war, dass sie es nicht für nötig befand, sich und alle anderen, sich um Österreich verdient gemachte Frauen in ihrem Hymnentext eigens anzuführen. Ganz frei nach dem Motto, der wirkliche Künstler weiß, dass er gut ist, er braucht keinen Applaus. Aber dann kam eine Frau daher und erdreiste sich, diesen Text zu ändern. Das nennt man dann wohl ehrfürchtige Hochachtung vor dem geschriebenen Werk einer Künstlerin! Dazu musste Frau auch noch die Hohe Politik und Gesetzgebung bemühen, als wenn die nichts Wichtigeres zu tun hätten, als über solch einen Unfug abzustimmen. Fühlen Frauen sich also derart unbeachtet und winzig, dass sie mit solchen Mitteln Aufmerksamkeit erregen müssen? Wirklich traurig, traurig, traurig!

Früher haben Frauen es geschafft, nur mit ihrer Kleidung, ihrer Frisur und ihrem Aussehen beachtet zu werden, und jetzt braucht es dafür dieses ganze Theater?

Wirklich stark und selbstbewusst war der Auftritt dieses beliebten jungen Musikers in Lederhosen, der bei irgendeinem Fußballspiel unsere österreichische Bundeshymne so gesungen hat, wie wir alle sie in der Schule gelernt haben und vor allem so, wie sie eine Frau vor vielen, vielen Jahren geschrieben hat. Für mich hat dieser junge Mann um einiges mehr Benehmen und Achtung vor Frauen - und dem, was sie leisten - gezeigt, als die zuständige Politikerin, die ihm postwendend auch noch einen Rüffel wegen Missachtung - von was noch gleich? - erteilte. Wenn hier irgendjemand irgendetwas missachtet hat, dann sind es meiner

Meinung nach wohl alle jene Frauen, die sich herausgenommen haben, im Werk einer Künstlerin deren Text abzuändern.

Apropos Text abändern, in dem Frauen nicht vorkommen bzw. explizit nicht als solche eigens erwähnt werden. Da bin ich doch sehr erstaunt, dass in einem der meistverwendeten Gebete die Frauen immer noch ignoriert werden, und ich wäre schon sehr dafür, dass es ab sofort heißen muss: „Vater und Mutter unser im Himmel" - irgendeine Ich-will-gleich-sein-Wütige wird das sicher umgehend an geeigneter Stelle anbringen. Es geht doch nicht an, dass es da einfach unterlassen wird, darauf hinzu-weisen, dass auch eine Frau mit im Spiel war. Ha, ha, ha, jetzt muss ich selber lachen, wenn ich diesen Unfug auch nur andenke, obwohl ich mich wirklich wundere, dass darum noch kein Geschrei entstanden ist und Frau wenigstens die Gebete (vorerst noch) in Ruhe lässt. Die Peinlichkeit einer Willkommenstafel in einem Tiroler Ort mit der Auf-schrift „Grüß Göttin" ist uns leider auch nicht er-spart geblieben und hat zumindest den Vorteil, dass das Teufelchen in meinem Kopf fragen konnte: „Was bitte ist an diesen Beiden göttlich? Von Göttinnen sind die aber meilenweit entfernt." und ich mich, ob es nicht inzwischen eher von Vorteil ist, wenn fast alle Welt immer noch Austria und Australien miteinander verwechselt?

Zu dem ganzen Wort-hin-und-her-Gezerre (gendern heißt das jetzt?) fällt dem jetzt langsam immer größer werdenden Teufelchen in meinem Kopf noch ein, dass es doch am einfachsten wäre, wenn nach der Abschaffung des Wortes Fräulein auch noch das Wort Frau abgeschafft werden würde, stattdessen könnte man der Einfachheit halber doch sagen: MenschIn oder MännIn? Mein Vater würde zu all dem nur sagen: „Habt ihr keine anderen Probleme, habt ihr zu Hause keine Arbeit zu verrichten?" - und viel mehr fällt mir dazu auch nicht ein.

***

Ziemlich deutlich zu spüren bekam ich die äußerlichen Unterschiede zwischen Mädchen und Jungs schon im letzten Jahr der Hauptschule, als ich die glorreiche Idee hatte, wie meine Brüder auch, in Hosen herumzulaufen - Und das als Schülerin einer katholischen Privatschule? Nichts da! In der Garderobe hing an jedem Haken eine sogenannte Kittelschürze und wenn sich ein Mädchen erdreiste, mit einer Hose das Schulhaus zu betreten, musste sie so eine Kittelschürze überziehen, damit man das nicht erwünschte Kleidungsstück zumindest auf den ersten Blick nicht sehen konnte und der mädchenhafte Eindruck gewahrt blieb.

Der wirklich weibliche Eindruck, der des Tragens eines Minirockes oder Minikleides, wurde übrigens auch verhindert. Alles was kürzer war, als eine Handbreite über dem Knie, hatte ebenfalls unter die besagte Kittelschürze zu verschwinden. Mindestens zwei Mal pro Woche hat eine der Schwestern die Rocklängen eigenhändig nachgeprüft und alles, was auch nur einen Zentimeter kürzer war, verschwand unter der hässlichen Kittelschürze. Also haben wir brav auf die Länge unserer Röcke geachtet, um ja nicht wie Putzfrauen aussehend den ganzen Vormittag in der Kittelschürze im Klassenzimmer sitzen zu müssen. Heute kann ich darüber nur schmunzeln, denn es hat uns nicht wirklich geschadet, vielmehr haben wir dadurch gelernt, dass bestimmte Orte und bestimmte Anlässe eben die passende Kleidung erfordern. Was wir in unserer Freizeit trugen, wurde uns ja nicht vorgeschrieben und, wenn da einmal ein kleidungstechnischer Ausrutscher passierte, in der Schule auch nicht darüber geredet.

So wie an jenem wunderschönen, viel zu heißen Sommernachmittag, als ich unserem Klassenvorstand (ja, ich weigere mich Klassenvorständin zu schreiben, es schaut einfach deppert aus) in der Stadt begegnete. Gewandet war ich in einem superkurzen Minikleid, richtig schön im sechziger Jahre Stil, figurbetont geschnitten, mit doch recht tiefe Blicke zulassendem Dekolleté und natürlich ärmellos. Ich, mir keiner bösen Absicht bewusst, strahlte unsere Schulschwester an und rief ihr ein freundliches: „Grüß Gott, Schwester Antonia" entgegen. Sie ihrerseits, sah mir zuerst direkt ins Gesicht, ließ dann ihre Blicke über mein Dekolleté bis hinunter zum weit oberhalb der Mitte meiner Oberschenkel endenden Rocksaum und wieder zurück schweifen, versuchte, ihre vor Schreck eingefrorene Miene zu einem Lächeln zu bewegen, sah mir in die Augen und stammelte: „Ggggrüß Gggoott mmein Mädchen....". Ich habe blitzschnell das Weite gesucht und schwerstens in Erwägung gezogen, mir damit wohl den Abfall auf der Beliebtheitsskala meiner

Lehrerin um einige Stufen eingehandelt zu haben. Vor allem befürchtete ich eine Zurechtweisung wegen meines, für eine Klosterschülerin unpassenden, Kleidungsstiles. Die Zurechtweisung blieb aus, alle anderen Befürchtungen traten auch nicht ein, die Angelegenheit wurde nicht einmal erwähnt. Es wurde uns Mädchen schlichtweg als Privatsache überlassen, wie wir uns in unserer Freizeit kleidungstechnisch danebenbenahmen oder nicht.

Zwei, drei Jahre später hat sich dann niemand mehr darüber aufgeregt, dass Mädchen Hosen trugen und als Ausgleich dann die Burschen und Männer lange Haare, zumindest fast niemand. Mein Vater hätte jedoch beinahe einen Herzanfall erlitten. Er stand eines schönen Sonntag Nachmittags am Wohnzimmerfenster und sah hinaus, als ein dottergelb-schwarz-Zebra-gestreifter, uralter, klappriger VW draußen im Hof einparkte: „Bitte sag, dass das da draußen nicht der ist, der dich abholt", waren seine Worte, die ich beim Hinausstürzen aus der Wohnung gerade noch vernahm. Meine Mutter erzählte mir später beim nach Hause kommen, dass Vater kopfschüttelnd mit den Worten „Und da soll noch einer wissen, wer des Madl ist und wer der Bub" das kommentiert hat, was er, als er mir aus dem Fenster gebeugt nachschaute, zu sehen bekam:

zwei Personen, eng umschlungen, die eine langes dunkles Haar bis zur Taille, die andere langes dunkles Haar bis weit über die Schultern, beide in Hosen, diese bis zum Knöchel versteckt unter einem roten und einem dunkelblauen Maximantel. Schade, dass ich Vaters Gesicht beim Betrachten dieser Szene nicht sehen konnte.

***

Dass Frauen in den Anfängen der Bestrebungen um Gleichberechtigung, die typische, bewegungseinschränkende Frauenbekleidung mit Begeisterung gegen die wesentlich bequemere Männerbekleidung, sprich Hosen, eintauschten, hat unbestritten Sinn gemacht, aber was tun die bitte jetzt? Gleich, gleichgestellt und gleichbehandelt wollen Frauen sein und wieso versuchen sie dann neuerdings, die äußerlichen Unterschiede kleidungstechnisch in einer Form zu kultivieren wie schon seit Jahrzehnten nicht mehr? Bewegen die sich jetzt im Rückwärtsgang?

Ich hangle mich regelmäßig von einem Lachanfall zum nächsten, wenn ich eine – egal welche – Frauenzeitschrift in die Hand nehme. Es ist doch schon fast schizophren, was mir da Seite um Seite entgegenknallt: Falten bekommen verboten, muss mit wer weiß welchem Gift und unter Verwendung von Messern verhindert werden. Das Ergebnis ist meist wunderschön anzusehen, aber nur, wenn man Fan von Mimik losen Schaufensterpuppen oder Schlauchbooten ist. Mollig ist schön und dicke Frauen fühlen sich toll, so wie sie sind. Aha, und wieso braucht es dann in jeder Zeitschrift schon auf der Titelseite die Hinweise darauf, wie man am besten abnimmt, schlank wird, schlank bleibt? Und es wundert sich wirklich noch irgendjemand über Magermodels? Ich mich schon lange nicht mehr. Die werden von Frauenzeitschrift gezüchtet, klar doch, die brauchen sie ja, um sie dann, eingehüllt in die (meist sehr fragwürdigen) Modekreationen von Stardesignern (selten heterosexueller Natur), abgelichtet von Starfotografen (siehe Designer), in ihrer Zeitschrift abzudrucken, damit 20 Millionen Frauen dann so aussehen wollen, wie eine Handvoll Knochen in Kleidern.

Bitte, man lasse sich das auf der Zunge zergehen: Millionen Frauen geben Unsummen von Geld aus, um in Kleidern herumzulaufen, die, nicht wirklich der Frauenwelt zugetane, Designer entworfen haben und wundern sich auch noch, warum diese Kreationen am besten an den vorher erwähnten Magermodels aussehen. Na klar doch, diese Männer stehen nicht auf Frauen, die stehen auf Männer. Wie sollen die dann fähig sein, Kleidung zu machen, die Frauen, die wie Frauen ausschauen auch passen.– und ich meine damit nicht die, mit den zu viel angefutterten Kurven.

Was tun die da, bitte? Heerscharen von Frauen lassen sich von Männern, die nicht einmal ihre Ehemänner sein könnten, diktieren, was sie anziehen müssen!! Designer sagt: „Alle tragen Lila" und tausende Frauen rennen dann alle den ganzen

Sommer in Lila und Violett herum, zahlen für das kleine, am Halsinnenrand angenähte, Stückchen Stoff, auf dem der Name des Designers steht, Unsummen von (hoffentlich selbst verdienten) Euros. Sie hungern und kasteien sich, lassen sich Teile ihres Körpers herausschneiden, Fett absaugen, woanders wieder hineinspritzen, nur um in die um das Designerlabel herumgeschneiderten Stoffteile hineinzupassen? Für mich heißt das nichts anderes, als dass Frauen sich immer noch mit dem Namen von jemand anderem schmücken (und aufwerten) wollen.

Und was ist das, was mir neuerdings entgegenspringt, wenn ich ahnungslos in einen Laden gehe, um mir Damenunterwäsche zu kaufen? (Mit Damenunterwäsche meine ich nicht Arbeitskleidung fürs Horizontalgewerbe, sondern im Alltag tragbare, zarte, weiche Stoff- und Spitzenteile, die nichts einengen, nicht kneifen, leicht zu pflegen und trotzdem hübsch anzusehen sind). Ich trau meinen Augen nicht, das ganze Geschäft hängt voller Folterinstrumente, die ich gottlob nur bis zu meinem fünfzehnten Lebensjahr tragen musste, also gerade einmal knappe drei Jahre, länger hätte ich das auch nicht überlebt. Starr gepolsterte, mit Bügeln versteifte Büstenhalter, variabel auch zu haben als bis zur Taille geschnürte (!!) Exemplare, brusthohe Miederho-

sen, oberschenkellange Unterhosenungetüme (Lie-
bestöter hießen die zu meinen Jugendzeiten), aus
einem Material, das sich blendend dazu eignen würde, einen Knochenbruch zu fixieren.

Wofür haben wir damals Ende der Sechziger
unsere BHs verbrannt? Damit meine arme Tochter
jetzt wieder solch eine Rüstung anziehen muss?
Scarlett O'Hara würde sich im Grabe umdrehen,
wenn sie die neuerdings wieder auftauchenden Ein-
schnürungsversuche aller Weiblichkeit sehen könnte.

Unsere BHs verbrannt? grinst das Teufelchen
in meinem Kopf. Wir? Nein, die anderen nach Freiheit gierenden Frauen eben, ich war natürlich nicht
dabei, wäre auch äußerst unklug gewesen. Ich war
von der Natur schon sehr früh so gut ausgestattet
gewesen, dass ich es gerne vorzog einen BH zu tragen, denn ab einer bestimmten Größe musste die
Weiblichkeit gebändigt und in Zaum gehalten werden. Mir gingen die unverhohlenen Blicke meiner
Klassenkameraden schon mittels BH gebändigter
Oberweise mächtig auf die Nerven, kaum auszuden-
ken, wie die pubertierenden, sich in der Überzahl
befindlichen Hormonbomben auf freischaukelnden
Inhalt von Körbchen Größe 8oD reagiert hätten. Es
reichte schon, dass eine meiner Klassenkameradinnen, die offensichtlich noch nicht mitbekommen

hatte, dass sich Mädchen und Jungen sehr verschiedenartig zu entwickeln begonnen hatten, es vorzog, ihrer zugegeben um etliches kleiner geratenen Natur freien Lauf zu lassen und mit ihren, unter dünnen T-Shirts gut sichtbaren, weiblichen Attributen das Hirn der zweiundzwanzig, sowieso schon hormonell rotierenden, männlichen Halbwüchsigen total vernebelte.

Mir hätte es wesentlich mehr Spaß gemacht, der angehenden Männerwelt in meiner Klasse mit schulischem Können und Intelligenz zu imponieren, als mit zu kurzen Röcken, aber das scheiterte manchmal leider daran, dass ich fast ausschließlich von Mutter geschneiderte - oder, was noch schlimmer war, von ihr umgeänderte - Kleidung tragen musste. Ich habe bis heute keine Ahnung, wie diese Frau es fertig brachte, ein derart missliches Einschätzungsvermögen hinsichtlich der wahren Körpergröße ihrer Tochter ihr eigen zu nennen, denn meine Röcke gerieten regelmäßig um mindestens sieben Zentimeter zu kurz, was mir die Freude ein-trug, so ziemlich die kürzesten Miniröcke der ganzen Stadt zu tragen und den Jungs in meiner Klasse zu wesentlich mehr Blick auf freigelegte Mädchenbeine verhalf, als ich ihnen freiwillig zugestanden hätte.

Noch heute beschleicht mich manches Mal das, zugegeben etwas boshafte, Gefühl, dass meine Mutter die Kleider und Röcke ursprünglich für sich selbst geplant und genäht hatte, dann bei Fertigstellung aber doch einsehen musste, dass sie selbst für die Art der Modelle doch ein wenig zu breit und nicht mehr jung genug war, so aber zumindest die fünfzehnjährige Tochter etwas zum Anziehen hatte, die sowieso nicht gefragt wurde, ob es ihr gefiel oder nicht, denn solange sie die Beine unter dem Tisch im Elternhaus ausstreckte, hatte sie zu tun, was Mutter ihr vorschrieb.

***

Dass viele Frauen gleich sein wollen wie Männer, kann ich ja noch verstehen, aber, dass Männer jetzt allmählich immer mehr wie Frauen sein sollten, das ist mir eindeutig zu viel. Überall tönt es Gleichbehandlung. Unterschiedliches kann man nicht gleich behandeln! Kühe und Schweine sind beide Tiere. Versucht einmal, vierzehn Tage lang beide gleich zu behandeln. Viel Erfolg! Ich kann versichern, eines der beiden Tiere ist dann tot.

Männer und Frauen sind nicht gleich! Schaut sie euch doch einfach einmal an, ihr seid doch nicht blind, und selbst dann würdet ihr beim Abtasten spätestens um die Mundregion herum merken, dass da etwas anders ist (sogar bei Conchita Wurst!!!), und einen Busen haben auch nur Frauen, von weiter unten rede ich jetzt erst gar nicht, weiter unten, vorne meine ich. Weil, weiter unten hinten, da sind wir ja alle gleich (na ja, fast! Lassen wir die Unterschiede in Breite und Festigkeit einmal kurz außer Acht).

Übrigens hat unlängst ein Richter in seinem Urteil festgestellt und damit den Freispruch eines Mannes begründet, der in unmanierlicher Weise das an einer Frau hinten befindliche Teil vermeintlich unsittlich berührt hat: „Ein Arsch ist kein Geschlechtsteil"!

Zugegeben, bei manchen Frauenä.... würde ich, wäre ich ein Mann, auch nicht an Sex denken, sondern angesichts der Fett- und Fleisch-massen eher nur an Flucht. Meiner Meinung nach hat dieser Richter aber nicht Recht. Ein A..... ist sehr wohl ein Geschlechtsteil, denn diese Körperöffnung an Männern wird doch, wenn ich nicht irre, von nicht heterosexuellen Paaren sehr wohl beim Sex verwendet und angeblich soll diese Körperöffnung an Frauen auch von heterosexuellen Männern als Eingangspforte ins Paradies benützt werden. Aber okay, hat ein Richter so festgestellt, wird dann schon so stimmen.

Ich frage mich nur, was passiert, wenn angenommen dem Verpartnerten (Ehemann heißt das doch in Österreich noch nicht, oder doch?) irgendeines nicht heterosexuellen Richters ein anderer nicht heterosexueller Mann auf den A... greift, so richtig heftig grapschend draufgreift? Ob in so einem Falle die hochlöbliche Richterschaft das immer noch genauso sehen wird, dass A... kein Geschlechtsteil sei?

Und da regt sich wieder das Teufelchen in meinem Kopf: Wenn A.... nicht sexuell ist, darf ich den dann jetzt ganz einfach in der in der Öffentlichkeit entblößen, so wie der Nackerte im Hawelka?

Und, wird dann „leck mich am A..." auch nicht mehr als Ehrenbeleidigung geahndet? Vor allem könnte folgen, dass „Busen" auch nicht mehr als Sexgebiet eingestuft wird, da ja Männer, dank Krafttraining im Fitnessstudio, ähnliche Schwellkörper vor sich her tragen, Brustwarzen haben sowieso beide Teile der Menschlichkeit und Haare dazwischen auch nicht. Nebenbei bemerkt wurde die Frauenbrust als Nahrungsquelle für den Nachwuchs geschaffen und eine solche darf man doch wohl ungestraft in die Hand nehmen, oder? Meine Haare stellt es trotz ihrer Länge senkrecht in die Höhe, wenn ich die Folgen des immer mehr ausufernden Unfuges der Gleichmacherei auch nur ansatzweise weiterzudenken versuche.

***

Schade ist nur, dass mit dem ganzen Gleichmachereigetue die Achtung vor Frauen und dem, was ihre Natur zu etwas Besonderem macht, nämlich Leben zu empfangen und Leben zu schenken, allmählich gänzlich verloren geht. Wenn ich daran denke, dass es Zeiten gegeben hat, wo Männer eine Frau heiraten mussten, wenn sie sie öffentlich geküsst, oder gar in der Weise entehrt, dass sie die Angebetete vorzeitig verführt haben, wäre ich fast geneigt, mir diese Zeiten zurückzuwünschen. Nicht gegolten hat das damals nur für die niederste Schicht von armen Frauen, Mägden und Dienstmädchen. Wenn damals Männer mit der Erfüllung der nächtlichen Gunstbezeugung durch ihre Ehegattin nicht zufrieden waren, mussten sie tief in ihre Geldbörse langen und sich die erwünschten Dienste in einem Bordell erstehen oder in Form einer meist ziemlich kostspieligen Geliebten erkaufen. Heute haben die Männer es wesentlich leichter und es kommt ihnen vor allem um einiges billiger. Sie können Mädchen und Frauen ungeniert während der von ihnen mitverursachten Schwangerschaft verlassen, sie hätte ja die Pille nehmen können und wozu gibt es denn Abtreibungen. Nur ja keine Komplikationen für die Männerwelt, Gottlob gibt es gegen Geschlechtskrankheiten inzwischen Kondome. Und die dummen Frauen helfen ihnen auch noch dabei!

Männer müssen heutzutage nur in irgendeine beliebige Bar gehen, da sind genug Frauen, die nach ein paar Gläsern Alkohol und gesäuselten Einschmeichelworten allzu schnell bereit sind, den Männern das beinahe gratis zu geben, wofür sie sich früher etwas mehr bemühen mussten, um es zu bekommen.

Und das alles unter dem Deckmantel Freiheit! Freiheit der Frauen, über ihren Körper selbst bestimmen zu können. Ich nenne das nicht Freiheit, wenn ich als Frau gezwungen bin, mich jahrzehntelang mit Hormonen vollzustopfen und meiner Gesundheit zu schaden. Ich nenne das auch nicht Freiheit, wenn die kurzen sexuellen Vergnügungen ein anderes Lebewesen mit dem Nichtgeboren-weil-abgetrieben-werden bezahlen muss. Es soll Freiheit bedeuten, wenn Frauen nachher bestimmen können, dass entstandenes Leben wieder vernichtet wird? Ich glaube nicht, dass Frauen das wirklich frei entscheiden. Ich glaube viel eher, dass sie das alles aus Angst machen. Die Pille nehmen die meisten doch aus Angst schwanger zu werden, von einem Mann, der kein Kind will und sie dann mit dem Kind sitzen lässt. Aus Angst schwanger zu werden und dann den Job zu verlieren oder die Ausbildung abbrechen zu müssen und mit einem Kind gar keinen Job mehr zu bekommen. Ich glaube, Frauen, ihr macht Euch etwas vor! Interessant wäre es, eine vollkommen anonyme Studie zu diesem Thema zu machen um herauszufinden, wie viele Frauen, ohne Angst vor irgendetwas haben zu müssen, wirklich freiwillig jahrelang Tabletten nehmen, auf Kinder verzichten, das in ihrem Körper entstandene Leben wieder vernichten und außer Haus arbeiten gehen wollen. Ich getraute mich fast zu wetten, dass die Anzahl viel, viel geringer ist, als alle uns glauben machen wollen. Ich zumindest kenne nur eine einzige Frau, deren Egoismus derart groß geraten ist, dass sie all das freiwillig auf sich genommen hat. Und in diesem Fall ist es sogar ein Segen, dass diejenige keine Kinder bekommen hat, für das Kind und jeden Mann, der dadurch in irgendeiner Weise an diese Frau gebunden gewesen wäre.

Wieder regt sich das Teufelchen in meinem Kopf und fragt mich, wieso bei all den Gleichmach- und Gleichbehandlungs-Bestrebungen in Zeiten, wo medizinisch beinahe alles machbar ist, es immer noch nicht möglich sein soll, dass die Männer sich jeden Tag mit einer Tablette, die das Entstehen neuen Lebens verhindert, fit für ungestraftes Sexvergnügen machen können. Weil Männer anders sind? Oder, weil nur Frauen so dumm sind und nicht einmal merken, was sie eigentlich unter dem Deckmantel sexuelle Freiheit in Kauf nehmen. Als Frau wirklich frei zu sein bedeutet für mich, keine Angst vor den Folgen meiner Entscheidung haben zu müssen, wem, wann, wo und wie vielen ich meine Gunst schenke.

Ja, meine Gunst schenke! Irgendwann, gar nicht so lange her, sahen es auch Frauen so, dass es etwas Besonderes ist, wen man in sich hinein lässt. Etwas, das jeder bekommt und das auch noch ohne Anstrengung, ist nichts wert. Und wer sich so offensichtlich gratis und sofort jedem gibt, der ist eben nichts wert und wird dementsprechend behandelt und wieder weggeworfen. Ja, ja, der Prinz will eben nicht das, was einfach so herumliegt und sich jeder nehmen kann, der Prinz will etwas Besonderes!

***

Und wenn ein selbsternannter Prinz nicht das bekommt, was er glaubt, sich einfach nehmen zu können, dann hat das Konsequenzen, leider aber nicht für ihn.

Irgendwann Ende des vorletzten Jahres berichteten die Medien über den Rauswurf einer Zahnarzthelferin in Amerika und in mir keimte der Verdacht, dass Gleich- oder Ungleichsein und Gleich- oder Ungleichbehandlung nicht wirklich etwas damit zu tun zu hat, ob ich Mann oder Frau bin, sondern viel eher mit der Tatsache, in welchem Land ich geboren und zu leben verdonnert bin. Der Zahnarzt konnte sich angeblich nicht mehr auf seine Arbeit konzentrieren, weil die betreffende Assistentin zu „sexy war". Die so abservierte Angestellte quittierte den Rauswurf ihrerseits mit einer Klage wegen Diskriminierung. Der zuständige Richter wies die Klage mit der Begründung ab, dass die Ehe des Zahnarztes gefährdet wäre. Die Konturen ihres Körpers hätten sich unter ihrem Arbeitskittel abgezeichnet und dies wiederum hätte den Chef veranlasst, seiner Assistentin anzügliche SMS zu schicken. Der Rauswurf behielt damit seine Gültigkeit.

Das Teufelchen in meinem Kopf hatte postwendend die passende Schlussfolgerung parat: „Achtung! Frau sein verboten! Am besten packt man das weiblich Gerundete in eine Rüstung, damit niemand es sehen kann - zumindest das vorne, das mit dem hinten haben wir ja schon geklärt". Da bin ich doch glatt versucht, muslimische Frauen in ihrem alles verhüllenden Mantel und Kopftuch zu beneiden, denn die behalten wenigstens ihre Jobs, da Mann ja nichts Hormonerzeugendes zu sehen bekommt.

Wie verrückt ist das denn, bitte? Es ist genauso verrückt wie das ganze Getue um den-Job-bekommt-nicht-der-Beste-sondern-eine-Frau. Denn normal und überhaupt nicht verrückt oder eigenartig wäre nämlich nur, wenn ich als Frau einen hochdotierten Job oder eine Position in der Politik deswegen bekomme, weil ich besser bin, als jeder dafür in Frage kommende Mann. Ich hätte absolut keine Freude daran, einen Job nur deshalb zu bekommen, weil sie mich nehmen müssen, da ich eine Frau bin. Frauenquote nennen sie das jetzt.

Gut, früher hat es das auch gegeben, dass eine Frau den Job bekam, obwohl es dafür besser geeignete Männer gegeben hätte, dafür mussten sie sich aber hochschlafen. Fand ich auf alle Fälle wesentlich gerechter, denn dafür mussten die Frauen wenigsten eine Leistung erbringen. Aber einfach so einen Job bekommen, weil die Frauenquote erfüllt werden muss, nein, das würde ich nicht wollen, denn jetzt weiß ja jeder, dass man dafür nichts tun muss, außer Frau zu sein um die Quote zu erfüllen.

Und das Teufelchen in meinem Kopf stichelt weiter mit der Idee, dass das noch mehr Neid unter Frauen schürt, denn jetzt müssen die ja nichts mehr tun für ihren Aufstieg. Und ob Männern die Quotenfrauen mehr imponieren als .... Teufelchen, sei sofort still, das führt jetzt doch etwas zu weit, ich schreibe doch nicht ein Buch à la ...Shades...!

Was aber soll das wirklich, dass alle neu zu besetzenden hochdotierten Stellen an Frauen vergeben werden? Ganz egal, welche Stellen vakant werden, es folgt eine Frau. Ich frag mich, wo sind bitte all die Männer, ist schon wieder Krieg und ich habe es nicht bemerkt? Und, was ich gar nicht verstehe ist, wieso folgt nach dem Ausscheiden einer Politikerin nicht der laut Wählerwille mit Vorzugsstimmen an nächster Stelle gereihte Mann, sondern, wegen der Quotenregelung, eine Frau? Das wollten die Wähler doch gar nicht, denn sonst hätten sie dieser Frau so viele Stimmen gegeben, dass sie vor den Männern gereiht gewesen wäre! Was ist da jetzt mit den Rechten der, mit den Stimmen des Volkes gewählten, Männer? Wieso regen die sich nicht auf, sondern lassen sich quotengetreu von einer Frau überholen und wegschieben? Ich glaube, die sind es inzwischen schon müde, sich ewig mit Frauen wegen irgendetwas herumzustreiten, das müssen sie zu

Hause schon über sich ergehen lassen, anstatt sich müde und erschöpft nach einem arbeitsreichen Tag in Ruhe die Sportnachrichten ansehen zu können.

Apropos Sport! Genau da zeigt sich für mich eines der besten Beispiele dafür, dass Frauen nicht gleich sind wie Männer, aber da schreien Frauen eigenartiger Weise nicht nach Gleichbehandlung. Wäre ja auch blöd für sie.

Nehmen wir als Beispiel die Disziplin Hochsprung, hier liegt der Weltrekord bei den Männern bei 2,43 m, bei den Damen liegt er bei nur 2,08 m. Also, wäre mein Sohn ein Mädchen, hielte er mit seiner Bestleistung von übersprungenen 2,10m seit Jahren den Weltrekord im Hochsprung!

Wo bleibt da jetzt das ewige Geschrei nach Gleichbehandlung? Wenn schon so auf Gleichbehandlung beharrt wird, dann sollen die Mädels doch mit den Männern mitspringen, dann würden sie bald sehen, wie (un)gleich sie in Wirklichkeit sind.

Und aus welchem Grund wohl springen Männer auf der Schisprungschanze um so vieles weiter als Frauen? Doch nicht etwa weil sie gleich sind, oder?

Wenn schon Gleichbehandlung, dann plädiere ich ab sofort dafür, dass alle sportlichen Wettkämpfe gemischt ausgetragen werden! Ich glaube aber, das wollen die Frauen dann sicher doch nicht.

Für mich sieht das Ganze meist sowieso nur so aus: Gleichbehandlung ja, aber nur, wenn es darum geht, die gleichen Rechte zu haben wie Männer. Also geht es vielmehr doch nur darum, sich die Rosinen aus dem Ganzen herauszupicken? Das ist es auch, was Männer, mich und auch viele andere Frauen mit gleicher Einstellung, an dem Thema Gleichberechtigung ärgert: dass es doch meist nur darauf hinausläuft, dass Frauen sich mit ihrem ganzen Emanzipationsgehabe nur die Rosinen herauszuholen versuchen. Der Rest bleibt dann doch wieder bei den Männern (und den Frauen, welche dann die nicht erwünschten Arbeiten für andere Frauen verrichten).

Was ist denn daran gleichberechtigt (gleichbehandelt), frag ich mich, wenn eine Frau, in hohem politischem Amt tätig, in von Papas geerbtem Haus, mit dem Unterhalt, den Alimenten und der Scheidungs-Abfindung des Ex-Ehemannes ihr großzügiges Auskommen findet. Oder eine andere, deren eigenes Einkommen als Unternehmerin in Kombination mit der Witwenrente so hoch ist, dass sie davon locker ein Kindermädchen bezahlen kann, behauptet, von den Nöten der Alleinerzieherinnen zu wissen und dann den Kindergartenpädagoginnen die neun Wochen Sommerurlaub nicht vergönnt.

Und genau das ist der springende Punkt, warum Gleichberechtigung und Gleichstellung zwischen Mann und Frau nie und nimmer funktionieren wird, weil sie nicht einmal zwischen Frauen funktioniert! Hauptgrund ist der Neid von Frauen auf andere Frauen, und der bewirkt, dass es schon seit einiger Zeit sogar eine Ungleichstellung unter Frauen gibt. Ja, wir haben schon lange (wieder?) eine Zwei-Klassen-Frauen-Gesellschaft: die einen, die sich einen Mann angeln konnten und die anderen, denen das nicht gelungen ist. Nein, es hat sich nichts geändert, es heißt nur anders!

Das Teufelchen in meinem Kopf, nein, das soll jetzt die Klappe halten. Ich will ganz lieb und nett etwas erzählen, funktioniert aber nicht lieb und nett, denn die Wahrheit ist meist nicht nett, die ist eben böse. Und das vertragen die meisten (Frauen) nicht, die böse Wahrheit so einfach gesagt zu bekommen, statt lieblich eingefärbtem, schleimigem um-den-Mund-schmier-Honig.

„Schleimscheißerei wolltest du doch sagen", stichelt das Teufelchen schon wieder. Aus jetzt, ich bin dran! Also, es hat sich nichts geändert, seit den Zeiten, wo Frauen gut verheiratet, ... Uff, Recht hat es, das Teufelchen, das geht so nicht, sie ist einfach zu böse, die Wahrheit. Wie weit doch Idee und Wirklichkeit auseinanderklaffen.

Kann es sein, dass alles Geschwätz über Gleichberechtigung, Gleichbehandlung und so weiter nicht mehr ist, als ein Märchen, das man uns erzählt hat? Ein Märchen, das aber ganz und gar nicht gut endet? Ein Märchen, in dem die böse Fee den König hasst und dafür alle Prinzessinnen in Aschenputtel verwandelt!

***

Mein wirkliches Leben als Teenager in den sechziger Jahren ähnelte dem Märchen Aschenputtel mehr, als mir heute lieb ist. Aschenputtel musste wenigstens nur die Hausarbeit für ihre faule Stiefmutter verrichten, ich sollte nebenher auch noch für die Schule büffeln und hatte auch kein Bäumchen an irgendeinem Grab, von dem ich schöne Kleider herunterschütteln konnte. Und das mit dem Prinzen konnte ich auch gleich abhaken, denn was ich rundherum über Männer hörte, ähnelte wirklich nicht der Beschreibung eines Prinzen.

Meine angeborenen Veranlagung, mehr zu sehen und mehr zu hören, als das durchschnittliche Menschenkind, machte es mir verdammt schwer, alles zu glauben, was ich rundherum über Männer und Frauen und deren neue Rechte und Möglichkeiten zu hören bekam. Ich sah einfach nur, dass Buben wesentlich mehr tun durften als Mädchen, vor allem mehr Dinge, die wirklich Spaß machten, und dass Mädchen mehr Dinge tun mussten, die überhaupt keinen Spaß machten.

Im wunderschön für Autos asphaltierten Hof des Wohnblickes, in dem ich meine Teenagerzeit zu verbringen verdammt war, hatte ein einziger Baum das Rodungsmassaker vor dem Neubau des Gebäudes überlebt, und eine Teppichstange ergänzte das großartige Angebot an Turngeräten. Da Fußballspielen und Radfahren im Hof sowieso verboten waren, dauerte es nicht lange, bis dieser Baum zum bevorzugten Kletter- und Sprunggerät der Buben im Hof mutierte. Wochenlang hatte niemand daran Anstoß genommen, und inzwischen hatte auch ich den Baum für mich als Klettergerüst entdeckt.

Es war einfach herrlich, ganz oben auf dem letzten Ast zu sitzen, und ich amüsierte mich köstlich darüber, dass ich höher klettern konnte, als jeder Junge, weil ich wesentlich leichter war, als die Buben und mich auch noch der ganz dünne letzte Ast tragen konnte. Weniger amüsant fand das jedoch meine Mutter, denn auf ihr Bestreben hin wurde der Baum in einer Nacht- und Nebelaktion einfach umgesägt.

Auf meine Frage, warum sie das getan habe, erhielt ich nur die lakonische Antwort, dass es viel zu gefährlich wäre, wenn Mädchen auf Bäume kletterten. Meinen Einwand, dass mein Bruder und die anderen Jungen auch auf dem Baum gewesen seien, wischte sie mit einem knappen „Buben fallen aber nicht herunter" weg.

Ich war so etwas von wütend! Was konnte der arme Baum dafür, dass meine Mutter glaubte, dass Mädchen ungeschickter wären, als Buben. Dafür habe ich mich auf bitterböse Art und Weise gerächt, indem ich ihren ein-Mädchen-aus-gutem-Hause-benimmt-sich-anständig-Dünkel ein wenig ramponierte.

Des burschikosen Zeitvertreibes beraubt, spielte ich fortan, wie es sich für ein braves Mädchen geziemte, alleine mit einem Ball an der Hauswand oder mit einem Nachbarsmädchen Federball, natürlich auch gekleidet, wie es sich für ein braves Mädchen gehörte, mit Rock und Bluse. Natürlich ist mir dabei manchmal der Ball auf den Boden gefallen, und ich habe ihn aufheben müssen, tat ich auch, indem ich mich mit gestreckten Knien bückte - in einem von meiner Mutter selbst geschneiderten Rock, also einem ziemlich zu kurzen Rock - den Rücken den Fenstern zugewandt, hinter deren Vorhängen die frustrierten Nachbarsweiber alles beobachteten. Dass diese, ob ihrer schon lange geschwundenen Jugendlichkeit mehr als leicht frustriert, sowieso jeden Minirock als verwerflich einstufenden aus-dem-Fenster-Gafferinnen postwendend zu meiner Mutter liefen und sich über meine sportlichen Aktivitäten mokierten, war von mir so eingeplant. Ich wusste, dass meiner Mutter der Anblick ihrer Tochter in kurzen Hosen, hoch oben auf dem letzten Ast des Baumes, dann doch wesentlich lieber gewesen wäre.

Bei den meisten Versuchen, mich als Mädchen im Zaum zu halten, saßen jedoch die anderen am längeren Ast, das wurde mir spätestens dann in der Handelsschule bewusst, als ich in einer gemischten Klasse den so gar nicht gleichen Behandlungsmethoden einiger Lehrer ausgesetzt war.

Ja, auch in dieser Schule hatten sie so ihre Methoden, Mädchen, die nicht nur klug, sondern überflüssigerweise auch noch hübsch waren, rechtzeitig in ihre Schranken zu verwiesen und ihrer Hilflosigkeit bewusst zu machen Noch heute verspüre ich nichts als Wut, über so viel Ungerechtigkeit und Gemeinheit.

***

Irgendwie war es vorhersehbar, dass mich, schon nach wenigen Wochen Unterricht, in dieser gemischten Klasse die erste Liebe erwischen würde und zwar heftig und romantisch und schön, für mich und ihn zumindest. Meine Mutter war wie üblich schlichtweg entsetzt. Sie sah die Gründe für meine teilweise eher mäßigen Schulnoten natürlich nicht darin, dass ich kaum Zeit zum Lernen hatte, weil ich beinahe ihren ganzen Haushalt erledigen und am Abend meinen kleinen Bruder beaufsichtigen musste, sondern in der Tatsache, dass ich jetzt hinter den Buben her wäre. Wieder einmal glaubte sie, mich mit einer Drohung einschüchtern zu können. Sie kündigte an, mich nach Bregenz in ein von Nonnen geführtes Internat zu schicken. Mein Versprechen, dass ich mit meinen kurzen Röcken schon dafür sorgen würde, dass sie mich nach drei Wochen wieder hinauswarfen, hielt sie dann auch von diesem Schritt ab. Ich verzichtete bewusst darauf ihr zu sagen, dass ich ohne die Unterstützung meines Freundes noch schlechtere Noten haben würde. Was sie nicht wusste - und ich ihr auch nicht sagte - war, dass mein Freund mich in keiner Weise von der Schule und vom Lernen abhielt, sondern im Gegenteil, mir bei den Hausaufgaben half, mit mir lernte und durch seine Anwesenheit in der Klasse diese für mich schreckliche Schule erst halbwegs erträglich machte. Ich hasste es, all diese kaufmännischen Dinge lernen zu müssen, das einzige, was mich sonst in der Schule aufrecht hielt, war Turnen und mein Lieblingsfach Deutsch. Trotz aller Antipathie dem Lernstoff gegenüber, schaffte ich es meistens aber doch, recht passable Noten zu bekommen.

Es war dann am Ende des zweiten Trimesters. Im Fach Betriebskunde nahm der zuständige Lehrer noch einigen Schülern die letzten fehlenden Prüfungen ab, wie die Mehrheit der Klasse, hatte ich die unangenehmen mündlichen Prüfungen bereits hinter mir, meine Note war abgeschlossen. So ging mich und meine Mitschüler, außer den noch zu einer letzten Prüfung Verdammten, die ganze Prozedur nichts mehr an, und wir vertrieben uns irgendwie, möglichst lautlos, ohne die Prüfungen zu stören, die Stunde.

Zu meiner Überraschung, denn ich hasste dieses Fach, hatte ich als einzige unter den Mädchen sogar ein Sehr Gut und konnte mich beruhigt auf meinen Lorbeeren ausruhen, dachte ich. Aber ich hatte mich zu früh gefreut, meine Note sollte sich noch auf ungeheuerlich unfaire Weise ändern. Mein Freund war dran zur Prüfung, bestens vorbereitet war er leider nicht. Nachdem er die letzte, ihm gestellte Frage nicht beantworten konnte, quittierte dies der Lehrer mit „Setzen Sie sich, ein Genügend geht sich gerade noch aus", und mit einem infernalisch hämischen Grinsen im Gesicht drehte sich der, für alle leicht zu erkennen, tief in der Midlife Chrysis steckende Pädagoge mir zu, mir, einer bildhübschen, groß gewachsenen schlanken Sechzehnjährigen, der das leicht rötliche schimmernde, dunkle Haar dicht gewellt über den Rücken bis weit unter die Taille floss. Man sah ihm an, wie viel Vergnügen ihm das nun Kommende bereitete: „Na, dann wollen wir einmal sehen, ob das ihre, ihnen nicht nur laut Katalognummer am nächsten stehende, Klassenkameradin beantworten kann".

Mir stockte der Atem, ich war nicht auf eine weitere Prüfung vorbereitet. Wenn die Noten abgeschlossen waren, war noch nie jemand noch einmal mündlich irgendetwas gefragt worden. Natürlich wusste auch ich die Antwort auf die gestellte Frage nicht. „Setzen, fünf. Das Sehr Gut ist damit leider auch weg, eins und fünf geteilt durch zwei ergibt im Trimester Zeugnis dann leider nur mehr eine Drei. Ja, geteiltes Leid ist halbes Leid". So ein Ekelstück! So ging das also, so rächt man sich als langsam aber sicher alternder Mann dafür, dass sich ein hübsches Mädchen erdreist, auch noch klug zu sein. Wahrscheinlich sowieso gestraft mit einer zu Hause ewig nur keifenden Ehefrau, war dem Herrn Lehrer der

Genuss im Gesicht abzulesen, den es ihm gemacht hatte, uns beide, mit der zarten Bande der ersten Liebe miteinander Verbundenen, zu demütigen.

Ich holte tief Luft, wollte etwas sagen, mich gegen diese Ungerechtigkeit wehren, aber der eindringliche Blick meines Freundes ließ mich verstummen, bevor mir irgendetwas über die Lippen kommen konnte: „Sag nichts, lass es gut sein, du machst es nur schlimmer" Ich sah im kurz verständnislos mitten hinein in das tiefe Blau seiner Augen und ballte unter der Bank meine Fäuste, versuchte, die in meinem Inneren hochbrausende Wut daran zu hindern, bombengleich mit mir hochzugehen, sie in meinen Fäusten solange festzuhalten, bis sie mit meinen Nägeln in mein Fleisch eindrang und zur mir so gut bekannten Hilflosigkeit kapitulierte. Ja, meine erste Liebe hatte recht damit, diese Kröte saß am längeren Ast, sie besaß die Macht der Noten.

***

Dieser Lehrer war - und ist für mich heute noch - das Paradebeispiel für eine Kröte! „Und das ist nicht das gleiche wie ein Frosch" mischt sich schon wieder das Teufelchen in meinem Kopf ein. Ist ja gut, ich erzähle ja gleich die Geschichte mit dem Frosch, sonst kennt sich wieder niemand aus, wa-rum das in meinem Kopf herumspukt, und vorher gibst du sowieso keine Ruhe.

Im Schwimmbad war es. Ich saß am Beckenrand und sah den Kindern beim Plantschen zu. Ganz aufgeregt kam meine Tochter angelaufen. „Da ist etwas im Wasser, etwas ist hineingesprungen und schwimmt da jetzt herum", zog sie mich mit sich. „Das ist ja nur ein Frosch, lass ihn einfach in Ruhe, der fürchtet sich doch vor euch Kindern" war meine etwas zu schnelle Antwort, denn ich wurde umgehend von irgendjemand korrigiert „Das ist doch kein Frosch, das ist eine Kröte". Dieser Satz brachte meine Kinder natürlich schadenfroh zum Lachen, „Mama kann Frösche nicht von Kröten unterscheiden". Die tiefer gründende Bedeutung dieser Verwechslung machten mir erst meine Freundinnen klar, als ich ihnen einige Tage später von dem Vorfall im Schwimmbad erzählte. „Du kannst Kröten nicht von Fröschen unterscheiden! Und da wunderst Du Dich noch?"

All die Jahre hatte ich also Kröten geküsst, da ist es nicht weiter verwunderlich, dass ich nie den Märchenprinz gefunden habe. Kröten kann man küssen, so oft man will und auch an die Wand schmeißen hilft nichts, die verwandeln sich nie und nimmer in einen Märchenprinzen, das geht nur mit Fröschen.

Wie ist das eigentlich wirklich mit der Moral vom Froschkönig? Der Frosch hat sich doch erst in einen Prinzen verwandelt, als ihn die Prinzessin an die Wand geworfen hat, die Küsse, die sie ihm gegeben hat, haben gar nichts bewirkt. Sollte das vielleicht heißen, dass man Männer erst schlecht behandeln muss, bevor sie sich in Märchenprinzen verwandeln? Oder hat sich der Frosch das einfach nur selber eingebrockt, weil er nicht wusste, wann er aufhören hätte sollen, die Prinzessin zu nerven War genau das der Grund, warum ihn irgendeine Hexe überhaupt erst in einen Frosch verwandelt hatte?

„Und eine Kröte ist einer, der nie auch nur annähernd das Zeug zu einem Märchenprinzen hatte und der einfach gesagt nichts anderes ist, als ein frauenverachtender Mann. Frauenverachtend deswegen, weil er, trotz aller Bemühungen, keines von den Mädchen abbekommen hat, die von allen anderen Männern umschwärmt und verehrt wurden. Das hat wahrscheinlich schon mit seiner Mutter begonnen, die, anstatt sich über ihren kleinen Sohn zu freuen und ihn als ihren kleinen Märchenprinzen zu sehen, all ihren Frust und Widerwillen gegen Männer im allgemeinen auf den kleinen Winzling übertrug, der viel zu laut, viel zu ungestüm, eben einfach mit zu vielen männlichen Genen ausgestattet war und zu allem Überfluss wahrscheinlich auch noch seinem Erzeuger ähnlich sah. Und aus so einem von Mama ungeliebten Sohn, kann ja kein Märchenprinz werden", meldet sich schon wieder das Teufelchen in meinem Kopf. Ich habe schon lange den Verdacht, dass die Idee der Emanzipation entweder auf dem Mist einer Männerhasserin gewachsen ist, oder ganz einfach nur die Rache einer Kröte.

***

Die Wochen und Monate an der Schule vergingen, der Unterrichtsstoff war scheiße, die meisten Lehrer waren gemein, also hieß es für mich, Zähne zusammenbeißen und durch, immerhin wartete am Ende ein Abschlusszeugnis mit der Aussicht auf einen gut bezahlten Arbeitsplatz im angenehmen Umfeld eines Büros. Das verhieß Freiheit und Unabhängigkeit, zumindest in den angesagten Frauenzeitschriften. Dass das irgendwie nicht so sein würde, wie die alle behaupteten, konnte ich unschwer erahnen, da ich schon während der Schulzeit in Ermangelung eines auch nur annähernd ausreichenden Taschengeldes gezwungen war, meine Freizeit arbeitend in einem Büro zu verbringen.

Mein Tagesablauf als Handelsschülerin besaß alle nötigen Voraussetzungen für einen frühzeitigen Herzinfarkt. Wir hatten Wechselunterricht. Ja, das hat früher wirklich funktioniert und hatte den Vorteil, dass die Klassenräume den ganzen Tag benützt wurden und die Teenager-Schüler, zumindest manchmal, ihrem Alter entsprechend am Morgen ausschlafen konnten, außer ich natürlich. Wäre auch ohne neben-der-Schule-arbeiten-müssen nicht gegangen, da meine Mutter eine Lerche ist, ja, so jemand, der in aller Herrgottsfrüh lautstark singt, die Fenster aufreißt und schreit: „Auf, auf, ihr Hasen, hört ihr nicht den Jäger blasen", und das für mich mitten in der Nacht, draußen war es ja noch stockdunkel.

Ja, Teufelchen in meinem Kopf, ich habe daran gedacht, ob man bei solcher Gelegenheit die Jäger nicht zum Schießen überreden könnte, habe es aber nur ganz, ganz leise gedacht, das weißt Du. Wenn also am Vormittag Unterricht war, musste ich - mit Erlaubnis des Klassevorstandes natürlich - fünf Minuten früher gehen, damit ich die Straßenbahn in die nächste Stadt östlich von Innsbruck erwischte und rechtzeitig ins Büro kam. Mittagessen kann man bekanntlich ja auch in der Straßenbahn, damals hat man das nur nicht so gerne gesehen, Essen in der Öffentlichkeit war da noch Zeichen von schlechtem Benehmen, war mir aber egal, mit gutem Benehmen hungers zu sterben ist auch tot.

Hatten wir jedoch Nachmittagsunterricht , dann waren das die Tage, an denen meine Schulkollegen länger schlafen konnten und meine Lerchenmutter mich ohne Grund bei Nacht schlafender Zeit aus dem Bett hätte zerren können, wenn ich nicht schon viel früher aufstehen hätte müssen, um die besagte Straßenbahn zu erreichen, um nicht zu spät zum Dienstbeginn im Büro um halb acht Uhr zu erscheinen. Büroschluss war für mich dann um halb eins, Mittagessen konnte ich in einem Café an der Ecke vor der Schule, ein Glas Milch mit einem Butterkipferl. Da hatte ich auch noch einige Minuten Zeit, den Stoff für den Unterricht vorzubereiten. Als ich dann gegen neunzehn Uhr schon irgendwie müde nach Hause kam, warteten dort mein kleiner Bruder und der Rest der Geschwister-Rasselbande hungrig darauf, dass ich ihnen ein Abendessen machte und sie alle ins Bett beförderte. Meine Mutter hatte näm-lich beschlossen, auch ihr eigenes Geld zu verdienen und ging am Abend drei Stunden außer Haus put-zen. Dass ihr kleiner dreijähriger Sohn von ihrer äl-testen Tochter locker auch noch neben Schule und Halbtagsjob betreut und versorgen werden konnte, nahm sie einfach als gegebene Tatsache, die keinen Widerspruch duldete. Irgendwann gegen einund-zwanzig Uhr war ich dann soweit fertig – und das im wahrsten Sinne des Wortes - dass ich mich endlich den Hausaufgaben und dem, für das Bestehen der Prüfungen notwendigen, täglichen Lernpensum zu-wenden konnte.

Dass ich langsam, aber sicher, immer mehr versucht war, heftig daran zu zweifeln, dass sich wirklich etwas für Mädchen verbessert hätte, nimmt mir sicher niemand übel. Ich kam mir vor wie Aschenputtel, das auch noch ins Büro gehen musste.

Nicht gerade weniger wurden meine Zweifel, wenn ich in der Schule meine männlichen Klassenkameraden von ihren Freizeitaktivitäten nach dem Unterricht und am Abend erzählen hörte. Selbstverständlich bekamen sie von ihren Eltern auch genügend Taschengeld, um das eine oder andere Mal ein Mädchen ins Kino oder zu einer Cola einzuladen. Wenn ich mich zu Hause darüber mokierte, dass mein nur eineinhalb Jahre jüngerer Bruder doch auch im Haushalt bzw. bei der Betreuung der kleineren Geschwister helfen könnte – er war inzwischen Lehrling in einer Autowerkstatt und hatte schon um siebzehn Uhr Feierabend – dann bekam ich von meinem Vater zur Antwort die Frage, wie ich mir denn das vorstellte, der Bub arbeitete den ganzen Tag in der Werkstätte und hätte dann am Abend wohl das Recht, mit seinen Freunden noch etwas zu unternehmen.

Aha, und was tat ich den ganzen Tag? In der Schule büffeln und vier Stunden im Büro zu sitzen, also Arbeiten mit dem Kopf, war anscheinend Nichtstun. Also genauso wie Hausarbeit? Das war ja anscheinend auch Nichtstun, hörte ich ja oft genug von meinem Vater in den immer häufiger vorkommenden Streitgesprächen mit meiner Mutter den Vorwurf: „.... brauchst eh den ganzen Tag nichts zu tun.....“ Hausarbeit ist also Nichtstun, das war auch damals schon so, weil man ja dafür kein Geld bekommt – stimmt ja gar nicht, all die Frauen bekamen doch reichlich Haushaltsgeld und freie Unterkunft und Verpflegung.

Aber, dass in-die-Schule-gehen-um-einen-Beruf-zu-erlernen und halbtags-im-Büro-arbeiten auch Nichtstun sein sollte, das konnte ich dann doch nicht verstehen – oder war prinzipiell alles, was Mädchen oder Frauen taten, Nichtstun? Galt etwa nur als Etwas-Tun, wenn man dabei körperlich schuften musste oder schmutzig wurde – aber, das war doch auch bei der Hausarbeit so, oder nicht? Also musste es etwas damit zu tun haben, dass man es nicht freiwillig im Haus für Mann und Familie tat, sondern außer Haus für einen fremden Chef und dafür von diesem Geld bekam. Teufelchen, Teufelchen, wer sollte so etwas verstehen?

Das mit dem reichlichen Haushaltsgeld, schien auch eine relative Größe zu sein, denn meine Mutter beschwerte sich regelmäßig, mein Vater würde viel zu wenig Geld zu Hause abgeben. Mehr wäre meiner Meinung nach nicht gegangen, hat er ihr doch am Ersten eines jeden Monats das gesamte Lohnsackerl übergeben, aus dem sie ihm dann großzügig ein, ihr angemessen erscheinendes, Taschengeld zusteckte. So teilte mein Vater mit mir noch einen Teil des Schicksals, denn damit er über genug finanzielle Mittel für seine persönlichen Bedürfnisse verfügte, musste auch er sich nebenbei noch einige Stunden in einem Zusatzjob verdingen.

Irgendwann, als ich schon lange zu Hause ausgezogen war, mir aber nach wie vor das Gejammer meiner Mutter über die ach so schrecklichen Männer - und im besonderen Fall den angeblich schrecklichsten aller, meinen Vater - anhören musste, nahm ich all meinen Mut zusammen und erzählte meinem Vater, dass sie sich bitter beschwerte, dass er ihr immer noch nicht mehr Geld für den Haushalt geben würde, sie also immer noch mit gleich viel Geld auskommen müsse, wie vor Jahren, als alle Kinder noch zu Hause wohnten. Mein Vater gab ohne den Hauch von schlechtem Gewissen zu, dass das sehr wohl stimmte, er gäbe ihr immer noch gleich viel Geld.

Und dann zog sich das für ihn typische charmante Grinsen, das ich so sehr an ihm liebte, über sein ganzes Gesicht, und er fügte hinzu: „Obwohl wir jetzt nur mehr zu dritt im Haushalt leben, bekommt sie immer noch gleich viel Geld von mir wie sie es für acht Personen gebraucht hat. Glaub mir, deiner Mutter könnte ich das Geld mit dem Schubkarren heranschaffen, sie würde es ausgeben und sich darüber beschweren, dass es zu wenig sei. Du musst nicht auf alles hören, was sie so sagt". Und das tat ich, Gott sei Dank, sowieso nur in den seltensten Ausnahmefällen.

***

Schon als Kind habe ich nicht wirklich ge-
glaubt, dass es so schrecklich sein sollte, Ehefrau
und Mutter zu sein, denn das, was ich beobachtete,
sah nicht danach aus. Ja, es war viel Arbeit zu erledigen - keine Frage, das streitet auch niemand ab – die
meiste tat sie aber sowieso nicht selbst, weil sie ihre
Kinder schon von klein auf dazu einspannte, ihr bei
der Hausarbeit tatkräftig unter die Arme zu greifen
und für die mehr Körperkräfte erfordernde Arbeit
hatte sie ihren Mann zu Verfügung. Vor allem fand
ich Kinder nicht so schrecklich wie es dargestellt
wurde.

Zugegeben, als Geschwister waren sie
manchmal mehr als lästig, überhaupt dann, wenn
ich, anstatt mit dem Ball zu spielen oder ein Buch zu
lesen, den kleinen Schreibündeln das Fläschchen
halten musste – wieso eigentlich, das waren ja nicht
meine Kinder, wieso musste ich mein Spiel deswegen unterbrechen? Heute bereue ich es, und es tut
mir wirklich total leid, dass ich, um diese lästige
Verpflichtung zumindest für ein paar Tage loszu-
werden, mich ziemlich fies benommen hatte. Zu
meiner Ehrenrettung muss ich vorausschicken, dass
ich damals erst zwischen vier und fünfeinhalb Jahre
alt war, also selbst noch viel zu klein, um über ein
perfektes Sozialverhalten zu verfügen.

Wie ich mich aus der Affäre zog? Na ja, ganz einfach, ich habe den Kleinen die Flasche während des Trinkens ein paar Mal wieder aus dem Mund gezogen und sie dann weitertrinken lassen. Natürlich haben die Babys zu schreien angefangen. Meine Mutter schüttelte den Kopf und verstand nicht, warum die Kleinen auf einmal weinten, wenn ich sie fütterte und übernahm in der Folge das Fläschchen geben wieder selbst. Ich weiß, es war gemein und fies, was ich getan habe, aber es war purer Selbsterhaltungstrieb. Und ich habe es meinen Geschwistern und meiner Mutter gebeichtet, als wir, alle schon erwachsen, bei einer Familienfeier zusammensaßen. Überraschender Weise waren weder Mutter noch meine Geschwister darüber entsetzt, vielmehr gab meine Mutter zu, dass es wohl doch nicht richtig von ihr war, ein so kleines Mädchen ihre Arbeit machen zu lassen. Na ja, späte Einsicht, half mir aber trotzdem, weil mein Schuldgefühl etwas erträglicher für mich wurde.

Alles in allem begann mit den Jahren die Vorstellung in mir zu reifen, dass es gar nicht so übel sein musste, Kinder zu haben, es müssten ja nicht gleich sechs sein, drei oder vier würden auch genügen. Das mit dem Haushalt müsste auch zu bewältigen sein; gar alles in der Wohnung jeden Tag auf Hochglanz zu putzen, fand ich überflüssig, erstens, weil Vater es andauernd mit den Worten „Du mit Deiner Putzsucht" kommentierte, und weil es am nächsten Tag sowieso wieder schmutzig wurde. Und wenn ich meinen Mann nicht andauernd anmeckerte, wie es meine Mutter so lange tat, bis mein Vater mit „dann mach dir deinen Kram doch selber" aus dem Haus und in die Werkstatt stürmte, dann würde er mir sicher helfen bei der Putzarbeit.

Ganz nach dem Motto „ihr werdet schon sehen, dass es nicht stimmt, was ihr so erzählt und ich Recht habe" beschloss ich, mich damit abzufinden, dass ich vorerst etwas lernen und einen guten Beruf haben musste, um dann zu heiraten und Kinder zu bekommen. Den guten Beruf nur zur Absicherung, damit ich, ohne einen Mann zum Heiraten gefunden zu haben - oder, noch schlimmer, falls er mich und die Kinder wegen einer anderen, Jüngeren, Besseren verlassen sollte, so wie die Männer das anscheinend allgemein und in Massen zu tun pflegen - nicht verhungern oder in die Fabrik buckeln gehen müsste. Das alles also nur zur Vorsicht, falls nicht ich, sondern doch die anderen Recht behalten sollten mit ihren Gräuelgeschichten über die ach so bösen Männer mit ihrem beneidenswerten Leben in der heilen Berufswelt außer Haus.

Das Berufsleben da draußen sah ganz und gar nicht so rosig aus, wie so manche Hausfrau sich das vorstellte! Das erfuhr ich jetzt Tag für Tag, entweder vier Stunden am Vormittag oder vier Stunden am Nachmittag, in einem winzig kleinen, völlig überhitzten, weil über der Büglerei einer großen Kleiderfabrik gelegenen, Verschlag, der sich großspurig „Büro" nannte. Dieses winzige Raumgebilde musste sich mein Schreibtischchen samt darauf platzierter Schreib- und Rechenmaschine auch noch mit dem Schreibtisch meines unmittelbaren Vorgesetzten teilen. Die Anwesenheit dieses, weit in den Dreißigern stehenden männlichen Wesens (natürlich unverheiratet!), dessen Sprüche, Bemerkungen und vielsagende Blicke die Dämlichkeit meiner pubertierenden Schulkameraden um ein Vielfaches überstieg, machte die monotone Arbeit mit dem trockenen Zahlenmaterial der Lohnbuchhaltung nicht gerade erfreulicher. Sollte das wirklich den neuen Traum von Frau-Sein bedeuten? Dabei hatte ich es noch gut getroffen als Bürofräulein, viel schlimmer dran waren die Arbeiterinnen in der Werkshalle an den Nähmaschinen und den Bügelpressen. Dort schufteten zum Großteil Mädchen und Frauen aus den sogenannten Gastarbeiterländern und ein paar wenige Österreicherinnen, deren Intelligenzpotential für eine Schulbildung über die Volksschule hinaus nicht gereicht hatte. Dafür hatten sie genügend niveauloses

Neidpotential, von dem sie in den kurzen Kaffee-
pausen im Hof gegenüber den feinen Bürofräuleins
aus der oberen Etage reichlich Gebrauch machten.
Damals dachte ich mir, wenn es wirklich eine Hölle
gäbe, dann musste diese so aussehen wie dieser
Arbeitsplatz: drunten, in der kochend heißen
Büglerei schüren all die bösen Inländer-Arbeiter-
Proleten-Hexen kräftig das Feuer, die bedauerns-
werten, sich kaum den Mund aufmachen trauenden,
scheuen Gastarbeiterinnen arbeiten am Fließband
ihre Sünden ab – die sie sicher nicht begangen
haben, aber wieso waren sie dann dazu verdammt,
an so einem Ort zu arbeiten? – und im darüber
liegenden, stickig kleinen Büro sitze ich im
Fegefeuer von über dreißig Grad und tippe Zahlen in
die Maschine, und ich rechne und rechne unter der
Aufsicht des hämisch grinsenden Pelze Buben.

Es galt für mich nur mehr, täglich diese ver-
hassten vier Stunden im Büro zu überstehen, mich
auf mein, inzwischen vom sauer verdienten Geld
gekauftes, Mofa zu schwingen und im Bewusstsein,
dass alle im Hof stehenden Proleten-Mädchen mir
hinterher sahen Richtung Schule zu rauschen. Auf-
fressen sollte er sie meinetwegen, der Neid; ihr
offenbar angeborener Neid auf alles, was sich nicht
gleich tief unten bewegte wie sie selbst. War wohl

schon immer so, dass die Meisten nach oben treten müssen, weil unter ihnen nichts mehr ist.

Mit der Schule war ich dann schneller fertig, als ich angenommen hatte. Nach dem turbulenten ersten Jahr in der gemischten Klasse ist die ganze Lehrerschaft zu dem Schluss gekommen, dass es für alle Beteiligten besser sei, die Klasse in ihrer bisherigen Form aufzulösen und die einzelnen Schüler und Schülerinnen auf die verbleibenden Klassen aufzuteilen. Na ja, die Klasse war schon sehr speziell, inzwischen ist sie schon längst legendär, teilweise spricht man noch heute über die diversen Streiche und „Verhaltensauffälligkeiten" dieser Klasse. Das Klassenbuch quoll über vor Eintragungen wegen schlechten Benehmens oder Störens des Unterrichtes. Sogar ich, ein von zu Hause auf bestes Benehmen in der Schule gedrilltes Mädchen, hatte eine Klassenbucheintragung, dass dies ohne häusliche Konsequenzen blieb, verdanke ich nur dem Umstand, dass meine Mutter viel zu desinteressiert war an mir und allem was sich außerhalb meiner Mutters-Aschenputtel-Tätigkeiten bewegte, um sich den Aufwand eines Sprechstunden-Besuches anzutun.

So schlecht und schlimm, wie die Lehrpersonen uns alle hinstellten, konnten wir aber gar nicht gewesen sein, immerhin entsprangen dieser ach so furchtbaren Klasse einige ziemlich erfolgreiche Unternehmer, Versicherungsdirektoren, Politiker und Führungsetagen-Bank-Leute.

Sicher war es manchmal lästig und trieb mich regelmäßig dazu, meine Augen zu verdrehen, wenn die Horde hormonüberbordender Jungs schon vielsagend zu kichern anfing, wenn der Geografie Professor nur das Wort „Meerbusen" auf die Tafel schrieb. Von diversen Anbagger-Versuchen blieb ich, auf Grund der Tatsache, dass ich ganz offiziell die Freundin des Klassensprechers war, sowieso verschont. Durch die Jungs in der Klasse war der Zusammenhalt untereinander viel stärker, sie waren viel hilfsbereiter, als die meisten Mädchen und im Gegensatz zu den Mädchen auch viel ehrlicher. Sie ließen mich spüren, dass sie es schätzten, wenn ein Mädchen klug war und viel wusste und freuten sich sogar, wenn sie von diesem Wissen profitieren konnten. Wenn mich irgendjemand spüren ließ, dass es da gehörige Unterschiede zwischen Jungs und Mädchen gab, dann waren es meist die Erwachsenen.

Die einzige Lebensaufgabe von einigen, nicht mit der Tatsache des langsamen Verwelkens zu Rande kommenden Lehrerinnen schien es zu sein, alles, was jung, hübsch, klug und - so wie ich - verwerflicher Weise auch noch verliebt war, vor versammelter Klasse niederzumachen, zu drangsalieren und so lange zu verunsichern, bis die Schulleistungen wirklich darunter litten. So hatten sie dann die Bestätigung, dass aus den jungen Mädchen heutzutage sowieso nichts Gescheites werden würde.

***

In der nunmehr reinen Mädchenklasse war dann Schluss mit Lustig – nichts war mehr mit Bewunderung, nein, jetzt ging es buchstäblich um Klassenkampf, jetzt regierte auch zwischen den Schulbänken der Neid. Und ich - durch einen Schulwechsel ein Jahr älter als der Rest der Klasse, einen halben Kopf größer, einige viele Kilo schlanker, die Haare bis unter die Taille, mit einem Halbtagsjob und einem eigenen Mofa und nicht zu vergessen, mit dem Freund händchenhaltend in der Pause vor den Augen der gestrengen Pausen-Aufsicht-Lehrer am Gang auf und ab spazierend - bot dafür eine großartige Zielscheibe.

Etliche Jahre später gestand mir eine meiner Mitschülerinnen bei einem Klassentreffen, es täte ihr unglaublich leid, dass ich damals so einiges abbekommen habe. Auf meine Frage, warum sie und ihre Gefolgschaftsmädels das getan hätten, bekam ich zur Antwort: „Wir waren eifersüchtig und neidisch auf Dich. Du warst klug, ein Jahr älter als wir, hast toll ausgesehen, hast schon dein eigenes Geld verdient. Wir waren alle noch Babys mit Zopfmaschen und Kniestrümpfen, hatten keine Ahnung von irgendetwas und Du hattest schon einen festen Freund." Ich japste nach Luft „Aber ich war doch ein Jahr älter als ihr" mehr vermochte ich nicht zu sagen, mir blieb einfach die Sprache weg. Also, da war er wieder der Neid, deswegen hatten mir diese Biester das Leben zeitweise zur Hölle gemacht. Hätten sie wahrscheinlich auch noch mehr, wenn es nicht zwei, drei mir offensichtlich von höheren Gefilden ganz persönlich zugeteilte Schutzengel in Form von Lehrpersonen gegeben hätte.

Ja, in Form von Lehrpersonen, Wunder gibt es immer wieder, und selbst dunkelste Zeiten haben kleine Lichtlein. Eins davon war mein Riesenglück, die Lieblingsschülerin meiner Lieblingslehrerin zu sein. Sie unterrichtete Deutsch und Sport, war kaum zehn Jahre älter als ich und für mich der Inbegriff von Vorbild, war mein Idol. Sie war für mich die Bestätigung, dass es möglich war alles zu sein: klug, erfolgreich, wunderschön, selbstbewusst und trotzdem einfühlsam und liebreizend. Ich wiederum punktete bei ihr mit meiner Sprachbegabung und meinen sportlichen Leistungen. Nie und in keinster Weise hat sie mich je bevorzugt oder weniger streng behandelt, als meine Mitschülerinnen, sie durfte mich als Vorzeigeobjekt verwenden – „Zeig ihnen doch bitte, wie das richtig geht", durfte ich für sie Vorturnerin, Vorleserin, Vorzeigeschülerin sein, und das war Balsam auf meiner Seele, hat so vieles wett gemacht, was mir unerträglich schien.

Zugegeben, manchmal fehlte es mir wirklich an Verständnis für die gackernden Hühner in meiner Klasse, und wenn ich wieder einmal, bis auf die Tafel sichtbar, vor Ungeduld meine Augen in alle Richtungen verdrehte, dann sagte meine Lehrerin in der Pause zu mir: „Sei nachsichtig mit den pubertierenden Gören" und ich wusste mich zumindest von einem weiblichen Wesen verstanden.

Heute glaube ich, dass diese Lehrerin viel mehr über meine wirklichen Probleme und Nöte ahnte, als mir damals bewusst war.

Meine Eigenheit, selbst bei hitzigen Sommertemperaturen ein langärmeliges Sportdress anzuziehen, hat sie mir nicht verboten und auch nicht gefragt, warum ich viel zu warm angezogen bin. Sie hat wohl geahnt, was ich darunter versteckte und, um mich vor Fragen der pubertierenden Gören zu schützen, einen Spaß darüber gemacht „Natürlich kann unsere eins-A-Turnerin nicht einmal bei diesen tropischen Temperaturen auf ihr schickes Dress verzichten, was tut sie nicht alles für ihr Aussehen!" Ich grinste ihr vielsagend zu und war heilfroh, vor der ganzen Klasse lediglich als eitles Geschöpf durchzugehen, und dass das, was niemand sehen sollte, weiter unter meinem langärmeligen Turndress verborgen bleiben konnte.

Die Spuren des Teppichklopfers meiner Mutter, der, beinahe täglich unzählige Male auf mich herabsausend, tiefe bläulich rot gefärbte Rillen auf meiner Haut hinterließ, die verbarg ich geschickt unter den langen Ärmeln meines Turnanzuges. Und damit das Geheimnis auch unter der, dem Turnunterricht folgen sollenden Dusche gewahrt bleiben konnte, bat ich sie unter dem Vorwand, ich würde mich ekeln vor den Seifenwassermassen in der Massendusche, die von den meisten der pubertätsbedingt ungepflegten Mädchen herab und um meine Füße herum rinnend, gluckernd in den Abfluss verschwanden, als erste vor allen anderen duschen gehen zu dürfen. Auch das hat sie mir gewährt, ohne in mich zu dringen, warum, wieso, weshalb.

Da war nun endlich jemand Erwachsener, der mich verstand, ohne große Worte der Erklärungen von mir zu verlangen, der mich nicht mitten hinein in weitere Peinlichkeiten warf und mir half, mein Leben um vieles leichter zu machen. Hätte sie auf Herausgabe der Wahrheit, die hinter meinen Eigenheiten steckte, bestanden - und womöglich auch noch meine Mutter darauf angesprochen - wäre für mich alles nur noch schlimmer gewesen.

Eines Tages fand sie mich am Gang vor, mitten unter der Stunde, vor dem Klassenzimmer an die Wand gelehnt. „Was machst Du denn hier am Gang? Wieso bist Du nicht im Klassenzimmer?" wunderte sie sich bei meinem Anblick. „Ich getrau mich nicht mehr hineinzugehen" war meine ehrliche Antwort. Doch einigermaßen erstaunt, wollte sie wissen warum, und ich erzählte ihr, was mir den Mut genommen hatte, wieder zurück in die Klasse zu gehen. Wir hatten Buchhaltungsunterricht, der betreffende Lehrer – ja, wieder einer von der Marke Kröte - hatte uns Mädchen generell erlaubt, dass wir, falls wir dem dringenden Ruf der Toilette folgen mussten, nicht lange aufzeigen und um Erlaubnis fragen müssten, sondern, um die Störung so gering wie möglich zu halten, einfach still und leise hinausgehen könnten. Es war wirklich ein verflixter Vormittag, denn alle paar Minuten lief eines der Mädchen aufs Klo, sieben waren es bis zu dem Zeitpunkt, als auch meine Blase der Ruf der Toilette erreichte. Ich stand auf, um wie alle anderen vor mir, unauffällig und leise, das Unterrichtsgeschehen zu verlassen. „Wo gehst du, verdammt noch einmal, hin?" donnerte die Stimme des Lehrers durch die Klasse. „Ich? Wieso? Aufs Klo natürlich" stammelte ich, nicht verstehend, was er dagegen einzuwenden hatte. „Nein, tust du nicht, jetzt ist Schluss, du setzt Dich sofort

wieder auf deinen Platz und wartest auf die Pause"
forderte er mich mit männlicher Stimmgewalt auf.
Bitte wie? Was sollte das? Wieso durfte ich nicht
aufs Klo, die anderen aber schon? Ich sah dem Lehrer mitten ins Gesicht und fragte ihn, wieso ich jetzt
nicht aufs Klo gehen dürfte, wenn die anderen doch
auch alle hinausgelaufen sind. „Sei ja nicht auch
noch frech und setzt dich sofort hin, sonst.....na warte, wenn Du wiederkommst" hörte ihn noch hinter
mir her wüten, als ich auf den Gang trat und die
Klassenzimmertüre von außen zumachte. Nach Ver-
richtung meiner Bedürfnisse schaffte ich es nur
mehr bis vor die Klassenzimmertüre, ich war so wütend über so viel Ungerechtigkeit, hatte Angst davor, dass meine Wut dem Lehrer mit ungeeigneten
Worten ins Gesicht springt und sich dann wieder
eine Kröte rächen würde.

„Warte einen Augenblick, das klären wir
gleich" und schon hatte meine Lieblingslehrerin die
Klassentüre geöffnet. „Herr Kollege, darf ich bitte
erfahren, warum sie einer Schülerin den Gang zur
Toilette verweigert haben?" Der Kröten-Lehrer lief
rot an, wand sich vor der Tafel, stammelte „Aber
nein, Frau Kollegin, ich wusste doch nicht ... dachte,
das Mädchen wolle mich auf den Arm nehmen...
selbstverständlich durfte sie auch ..." „Das hoffe ich
für sie, Herr Kollege" und zu mir „Setz dich wieder

auf deinen Platz, dem Herrn Kollegen ist wohl ein Irrtum unterlaufen, der ihm sehr leid tut" und draußen war sie. Ich musste höllisch aufpassen, nicht in schallendes Gelächter auszubrechen. Es war einfach herrlich und zu komisch, wie dieser Fiesling vor seiner allseits beliebten Kollegin buchstäblich den Schwanz eingezogen hatte.

Leider behielt ich mit meiner Vermutung Recht, die Kröte hatte die Macht, und sie rächte sich, indem sie mich in Buchhaltung durchfallen ließ. Und das war dann das Ende meiner Schulkarriere. Nein, noch nicht das Nichtgenügend in Buchhaltung, sondern eine Fehlkalkulation meinerseits und mein Mut, der inzwischen gewachsen war und mein Mundwerk, das besser stillgestanden hätte, als sich wieder einmal gegen eine Ungerechtigkeit zu Wehr zu setzen.

Dass sich das Ganze – den halben Tag Schule, den anderen halben Tag arbeiten gehen, Mutters Haushalt und Kinder versorgen – auf die Dauer nicht ausgehen würde, war eigentlich vorauszusehen, dass darunter über kurz oder lang meine Noten leiden würden, auch. Aus meinem Einser in Rechnen war inzwischen ein Dreier geworden, und ich hatte noch eine mündliche Prüfung zu absolvieren, ich und fünf andere meiner Mitschülerinnen. Der Herr Professor hatte sechs, auf Zetteln geschriebene, Aufgaben vorbereitet und hielt diese Zettel dem ersten Prüfling zu dem Zwecke hin, sich eine Aufgabe zu ziehen. Das ging so weiter, bis er nur mehr einen Prüfaufgaben-Zettel in der Hand hielt und ich an der Reihe war. Ich hatte einfach keine Chance, auch keine Hoffnung, das Glück auf meine Seite zu ziehen, also eine Aufgabe zu ziehen, die ich auch lösen konnte. Ich musste den einzigen noch verbliebenen, mir hingehaltenen Zettel nehmen, anderer war keiner mehr da. Mir stockte der Atem, als ich die Aufgabe sah, denn ich hatte keine Ahnung, wie sie zu lösen war.

Ich konnte es nicht fassen, was da gerade ablief, und meine Gedanken purzelten unversichert aus meinem Mund: „Darf ich bitte fragen, wo wir hier sind? Sind wir in einer Prüfung oder in einer Quizshow? Das ist doch total ungerecht! Alle vor mir hatten die Chance, aus zumindest zwei Aufgaben eine zu ziehen, und ich muss den Mist nehmen, der übrigbleibt." „Kannst du die Aufgabe lösen? Nein, kannst Du nicht? Dann setzen, fünf".

Ich wollte noch etwas entgegnen, hörte die Drohung, dass ich ja auch noch eine Klassenbucheintragung haben könnte, wenn ich es darauf anlegte und stolperte auf meinen Platz zurück. Das gab es doch nicht wirklich, das war doch pure Willkür. Ich überschlug im Kopf schnell meinen bisherigen Notenstand: drei plus fünf ergab acht, dividiert durch zwei (Prüfungen) ergab eine Vier – und in Buchhaltung hatte ich schon eine Fünf! Super, roch nach total verdorbenem Sommer, gab eine Wiederholungsprüfung, aber müsste sich ausgehen. Na toll, das musste ich erst noch zu Hause erklären und schauen, wie ich da halbwegs heil heraus kam. Aber ich hatte mich geirrt und zwar gewaltig. Rechnen war ein sogenanntes „Zielfach" und in meinem Zeugnis sollte auch in diesem Fach eine Fünf stehen.

Mehr verzweifelt als aufgebracht, suchte ich meinen Klassenvorstand auf und schilderte ihm die Umstände rund um die Mathe-Prüfung. Der reizende Mathe-Lehrer hatte sich schon bei ihm beschwert und mich auch noch beschuldigt, für ein Mädchen unangebracht frech gewesen zu sein. Zu meinem Entsetzen schlug mein Klassenvorstand vor - sicher nur gut gemeint und um mir zu helfen - mich doch bei dem Lehrer zu entschuldigen, vielleicht würde ich dann doch noch eine positive Note bekommen. Verständnislos blickte ich meinen Klassenlehrer an und fragte: „Sie verlangen allen Ernstes von mir, ich solle mich für etwas entschuldigen, was ich nicht getan habe? Ich danke Ihnen für das Gespräch" und war auch schon aus dem Konferenzzimmer gestürzt. Ich war wütend, verzweifelt, fühlte mich verraten. Nein, nie und nimmer würde ich zu Kreuze kriechen vor diesem, diesem ..."

Zwei Tage später wartete mein Klassenvorstand in der Pause vor der Klasse auf mich und gab mir ein Blatt Papier: „Du hast Recht, du musst dich nicht entschuldigen, du hast wirklich nichts getan. Hier, ruf da an. Mein bester Freund ist Rechtsanwalt, er sucht eine Sekretärin. Ich habe ihm von dir erzählt, du sollst dich bei ihm vorstellen".

Das tat ich dann auch am nächsten Tag, und ich bekam den Job. Nach den Sommerferien sollte es losgehen, mein Leben in einem gut bezahlten Beruf, ich war dann Rechtsanwaltssekretärin und schon mein Anfangsgehalt war um einige Hunderter höher, als das meiner Klassenkameradinnen mit ihren positiven Schulabschlusszeugnissen.

Mit den Sommerferien endete dann auch die mir verhasste Beschäftigung an der Rechenmaschine in dem kleinen Höllenbüro und kurz darauf befand sich auch meine erste Liebe im endgültigen Aus. Wahrscheinlich heißt es deswegen erste Liebe, weil fast immer eine zweite (dritte, vierte?) folgt. Wem ist schon das Glück beschieden, seine erste Liebe zu heiraten. Ich kenne so gut wie niemanden, aber doch manche, die spät, viel zu spät, mit der Einsicht gesegnet wurden, dass die erste Liebe die richtige gewesen wäre. Blöd gelaufen!

***

Nicht nur meine Schulzeit und meine erste große Liebe hatten ein Ende gefunden, vieles andere auch oder hatte sich geändert, einiges in für mich schmerzlicher und nicht verständlicher Form, seit es angefangen hatte, dass die Unterschiede zwischen Bub und Mädchen immer deutlicher an mir sichtbar wurden.

Es war super, solange ich als Mädchen besser und cleverer war, als jeder Junge, mit ihnen Indianer gespielt und alles, was für unsere Freizeitvergnügen notwendig war, organisiert habe und auch noch bereit war, deren kleine Geschwister mitzuschleppen und auf sie aufzupassen. Die Rache für meine offensichtliche Überlegenheit folgte auf den Fuß, als ich einen Busen hatte.

Im Sommer, vor dem ich dreizehn geworden war, geschah es dann: Wie in all den vergangenen Sommerferien auch, waren wir alle im Schwimmbad, alberten herum und spielten mit den Kleineren zwischen den Kabinen Verstecken. Ich trug einen hellblauen Badeanzug; einen Bikini zu tragen, getraute ich mich nicht, war ich doch noch nicht an meine schon sehr deutlich weiblichen Rundungen gewöhnt. Wenn es nach mir gegangen wäre, hätte ich im Schwimmbad meine kurzen Hosen samt weißer Mädchen-Rüschen-Bluse anbehalten, so unwohl noch fühlte ich mich in meinem neuen

Frauenkörper. Schon ziemlich außer Puste vom langen Herumlaufen und Kinder suchen, ging ich zwischen den Reihen der Kabinen entlang, als plötzlich eine Kabinentür aufgestoßen und ich von ungezählten Armen unsanft in die Kabine hineingerissen wurde.

So unerwartet schnell aus der Sonne in den kleinen Raum gezogen, dauerte es einige Sekunden, bis ich sah, wer das getan hatte – es waren fünf meiner Indianerkumpels aus unserer Nachbarschaft, alle im Alter zwischen vierzehn und sechszehn Jahren. Natürlich fauchte ich sie sofort an, ob sie verrück geworden seien, mich so zu erschrecken, aber als ich ihre hämisch grinsenden Gesichter sah, verging mir aller Mut und mir schwante, dass das nichts mehr mit Verstecken- oder Indianerspielen zu tun hatte.

Zu dritt hielten mich diese Vollidioten fest, einer stand Schmiere an der Kabinentür und der fünfte versuchte, mir den Badeanzug vom Körper zu zerren. Ich war an und für sich kein zimperliches Heulmädchen, die klettern nicht auf Bäume, fahren nicht freihändig Fahrrad und spielen auch nicht mit den Buben Indianer, aber in diesem Augenblick fühlte ich mich hilflos, und ich hatte entsetzliche Angst. Genau diese Angst bewirkte, dass ich angefangen habe, zu kratzen, zu beißen und zwischen wutentbrannt zornig herausgeschrienen Schimpfwörtern, die ich hier auf keinen Fall wiederholen kann, um mich zu schlagen. Waren die jetzt komplett verrückt geworden, was wollten die von mir, das waren doch meine Spielkameraden aus dem Hof, wieso taten die so etwas? Es gelang mir tatsächlich, einen der Idioten wahrscheinlich mitten in den Magen zu treten, worauf mich vor Schreck die anderen los ließen, ich den Augenblick natürlich nützte, dem an der Türe Schmiere stehenden auch eine irgendwohin zu treten – keine Ahnung wohin ich getreten hatte, aber ich musste eine Stelle getroffen haben, die ihn sich zusammenkrümmen und aufschreien ließ, sodass er die Türe frei gab. Mit bis zum Nabel heruntergezerrten Badeanzugträgern, komplett aufgelösten, zerzausten Haaren und mit Wuttränen überströmt, stürzte ich aus der Kabine.

Ich weiß es heute nicht mehr, – und werde es auch nie verstehen - warum ich froh war, dass niemand mich gesehen und mitbekommen hatte, was mir passiert war, und warum ich niemandem irgendetwas davon gesagt habe, was mir diese niveaulosen Volltrottel aus dem Eisenbahnerwohnblockviertel in der Kabine angetan hatten. Auf jeden Fall war das für mich das Ende von jeglichen Indianerabenteuern, Rodelausflügen und Eislaufplatztreffen.

Die Jungs, die ich für meine Freunde hielt, hatten mich verraten. Ich konnte sie nie mehr anschauen, ging fortan mit gesenktem Kopf durch den Hof und die Straßen rund um unseren Wohnblock, fand hunderttausend Ausreden, nicht mehr in den Hof oder sonstwo hingehen zu müssen, wo ich auch nur einen von den Missetätern treffen hätte können – ab diesem Zeitpunkt war ich für alle nur mehr die arrogante Klosterschülerin, die sich zu gut war, sich mit ihresgleichen zu beschäfti-gen. Na ja, irgendeine Ausrede braucht man wohl für seine eigenen Schandtaten und Vergehen. Fast alle Schuldigen machen ihre Opfer zu Tätern.

Beinahe zwei Jahrzehnte später traf ich einen der an diesem Vorfall beteiligt gewesenen, hoch-wohlgeborenen Eisenbahnersöhne und fand auch den Mut, ihn auf diesen Scheiß anzusprechen und nach dem Grund zu fragen. Seine Antwort: „Du warst ein junges wunderschönes Mädchen, das jeder haben wollte, aber jeder von uns wusste, dass er es nie bekommen würde", war genauso beschissen wie die Tat an sich, und ich bereue heute noch, dass ich ihm in dem Tanzlokal nicht einfach mitten ins Gesicht geschlagen habe. „Denn es war doch schon immer das Vorrecht einer Dame, dass sie das unschickliche Verhalten eines Mannes ihr gegenüber mit einer Ohrfeige quittieren durfte." Ja, ja, Teufelchen, mach du dich auch noch lustig darüber.

Das einzig Männliche an manchen Männern ist wirklich nur deren Körperkraft.

***

Dass es viel klüger ist, den Mund zu halten, als all die Ungerechtigkeiten hinauszuschreien, oder sich wortstark gegen etwas zu wehren, hatte ich schon relativ früh gelernt, und dass der körperlich Stärkere die wahre Macht hat, andere klein und hilflos zu kriegen, auch.

Sonderbarerweise hat mich das aber zu allererst eine Frau gelehrt, meine Mutter. Sie war es, die mir von klein auf mit dem Satz „Und wehe du sagst noch ein einziges Wort" und dem, gleichzeitig auf mich niederprasselnden Kochlöffel, hölzernen Handbesen oder Teppichklopfer, je nachdem, was sie schneller zur Hand hatte, beibrachte, dass ich, wenn ich weitere Schmerzen vermeiden wollte, nur mucksmäuschenstill zu sein und, die Zähne zusammen beißend, abzuwarten brauchte, bis sie sich abreagiert und ihre Tatwaffe wieder aus der Hand gelegt hatte.

Auch das hat sich, Hand in Hand gehend mit den an meinem Körper immer mehr sichtbaren Geschlechts-Unterschieden, gewandelt. Je mehr ich zur Frau wurde, desto mehr ließ meine Mutter davon ab, ihre eigene Unzufriedenheit und Unzulänglichkeit auf mir nieder zu prügeln. In gleichem Maße übertrug nun mein Vater auf mich die Rolle des Prügelknaben, die bisher mein Bruder innehatte.

Ich kann mich noch gut daran erinnern, wie ich mit etwa zwölf Jahren, übervoll mit leichtsinnigem Mut, dazwischen sprang, als mein Vater, wie so oft, seinen ganzen aufgestauten Frust auf meinem zehneinhalbjährigen Bruder niederschlug. Mein Gekreische „Papi, hör auf, du machst ihn ja tot" und der Hieb, der versehentlich mich getroffen hatte, brachte meinen Vater urplötzlich wieder zur Besinnung. Er ließ von meinem Bruder ab – und, ich war fassungslos, er entschuldigte sich bei mir, da er mir einen Schlag versetzt hatte, denn „ein Mädchen schlägt man nicht". Jahre später, als ich unverkennbar zur Frau geworden war, hatte er offenbar keinerlei diesbezügliche Skrupel mehr.

Weiterhin auf einen inzwischen sechzehnjährigen kräftigen Burschen einzuschlagen, hätte er wohl ein heftiges Zurückschlagen und damit eine handfeste Keilerei zwischen Vater und Sohn riskiert, bei der nicht sicher war, ob sie zu seinen Gunsten ausgegangen wäre. (Da war er wieder, der große Unterschied, mein sechzehnjähriger Bruder hatte inzwischen die Kraft zurückzuschlagen, war womöglich sogar stärker geworden, als der Vater). Die einfachere Variante war es dann wohl, all die aufgestaute Wut auf Frauen im Allgemeinen - seine Mutter, seine Ehefrau, seine nicht nur ihm unerträglich erscheinenden Schwägerinnen im Besonderen - an seiner Tochter auszulassen und mich stellvertretend als Prügelknabe für deren Vergehen, zu benützen.

„In dem Märchen heißt es aber ausdrücklich Prügelknabe und nicht Prügelmädchen" stachelt Teufelchen in meinem Kopf wieder an zu Bitterbösem.

***

„Es gibt kein männliches Recht auf Karriere" lese ich als Schlagzeile in einer der einschlägigen Frauenzeitschriften - behauptet vom logischerweise weiblichen Personalvorstand eines großen deutschen Unternehmens – und prompt fügt das Teufelchen in meinem Kopf hinzu: „Ach so, aber die Frauen haben dieses Recht schon, oder?" Anscheinend und dafür glauben sie auch, ihre von der Natur vorgegebenen Verpflichtungen einfach auf andere überwälzen zu dürfen und, um das mit allen Mitteln durchzusetzen, nehmen sie per Gesetz den Männern die vermeintlichen Vorteile, über die diese angeblich schon über Jahre verfügten.

Wenn sie ihren Kopf nicht durchsetzen können, dann plädieren sie gleich auf Diskriminierung. Dabei landen jetzt die Männer im Abseits und müssen es ausbaden, dass Frauen in den vergangenen Jahrhunderten diskriminiert und diversen Ungerechtigkeiten ausgesetzt waren. Schon längst sind es die Jungs und jungen Männer, die durch die permanenten Verunsicherungen schlechtere Noten haben als Mädchen und ihre Ausbildung abbrechen.

Immer mehr Männer fragen sich ob der ewigen Kritiken an ihnen - sie machen ja eh alles falsch, kommen zu spät nach Hause, beteiligen sich nicht an Haushalt und Kinderbetreuung, können nicht Ordnung halten, haben keine Tischmanieren, wählen die falsche Freizeitgestaltung, wollen anstatt in die Shopping Mall lieber auf den Fußballplatz, gehen nach der Arbeit lieber noch auf einen Drink mit den Kumpels anstatt nach Hause (würde ich als Mann auch tun, einen Umweg übers Gasthaus machen und mich downloaden vom Job und mir Mut antrinken für den, kaum habe ich die Türe geöffnet, zu erwartenden Wortschwall an Gejammer und Vorwürfen), was sie mit einer Frau noch tun sollen.

„Warum seid ihr überhaupt mit uns zusammen, wenn euch alles nicht passt?" fragt ein Mann ein paar Zeiten tiefer in derselben Frauenzeitschrift und ein anderer stellt fest: „Es ist höchste Zeit für einen neuen Dialog der Geschlechter!" Dem ist außer meiner Zustimmung nichts hinzuzufügen.

Den Frauen fällt es offenbar gar nicht auf, dass sie selbst sich weit weg von einer gleichberechtigten Partnerschaft bewegen, wenn sie ihre Männer maßregeln und ihn behandeln, als wäre er ein noch zu erziehender Minderjähriger. Frauen wollen Gleichberechtigung und sind nicht einmal fähig, Männern das Recht zu lassen Mann zu sein, sie also so zu nehmen wie sie nun einmal sind, mit all ihren Eigenheiten, Schwächen und Stärken. Stattdessen versucht Frau permanent, ihre an ihn gerichteten Verbesserungswünsche durchzusetzen, ihn in ihrem Sinne zu optimieren und ihren Ansprüchen anzupassen. Das Prahlen vor den Freundinnen, dass sie ihn mittlerweile gut erzogen habe, ist auch für mich nicht weit entfernt von der vollständigen Entmündigung eines Mannes.

„Das alles mit „Männer erziehen" ist doch auf jeden Fall Blödsinn, denn, was Mutter nicht geschafft hat bevor er fünfzehn ist, kannst du sowieso vergessen" grinst Teufelchen in meinem Kopf hämisch. Wieso überhaupt einen Mann erziehen wollen dazu, dass er gleich wird wie ich? Mich habe ich ja schon, zu zweit von meiner Sorte kann ich mich ebenso langweilen wie mit mir alleine. Ich brauche doch einen Mann für das, was ich selber nicht kann! Wenn er so kochen soll wie ich, also, dass es genauso schmeckt, als wenn ich es gekocht hätte, dann kann ich ja gleich selber kochen (grins, grins, und er kann inzwischen die Bohrmaschine in die Hand nehmen und den Haken für das neue Blumenregal, das er zwar überflüssig findet, aber trotzdem gekauft hat, um mir eine Freude zu machen, in die Wand schrauben). Ach so, ja, es geht auch dabei wieder nur da-rum, dass die Arbeit, die das Kochen macht, auf jemanden anderen abgewälzt wird, wie gehabt; alles so haben wollen wie Frau es sich einbildet, aber bitte, nicht verbunden mit Arbeit. Stecken die eigentlich immer noch in der „Papa-wird's-schon-richten-Phase"?

Schön wäre es, denn dann würde nicht all die Arbeit, wofür Mutter Natur Frau vorgesehen hätte, wieder nur auf Frauen abgewälzt werden, denn es sind Frauen, deren sich Frauen bedienen, um sich das Leben so zu richten wie es ihnen genehm ist. Es sind Frauen, die als Früherzieherinnen, Tagesmütter, Kindergartenpädagoginnen und Hortbetreuerinnen auf eine Horde fremder Kinder nicht nur aufpassen, sondern auch noch deren angeschissene Windeln wechseln müssen – und jeder weiß, wie entsetzlich fremder Kinder volle Pampers stinken. Das in den Pampers eigener Kinder Befindliche stinkt bekanntlich nicht, aber nur deshalb, weil uns Mutter Natur mit einer dafür blinden Nase ausgestattet hat. Gott sei Dank, denn wenn wir wirklich riechen würden, wie die volle Windel unserer Lieblinge stinkt, dann würde es uns genauso davor grausen, wie diejenige, die das aber trotzdem machen muss, weil sie dafür bezahlt wird. Ich finde es schlichtweg eine Zumutung, dass Frauen die Dreckarbeit einfach auf andere Frauen abwälzen können und das größtenteils auch noch auf Kosten der Allgemeinheit.

Meine Generation hat Kinderbetreuungsgeld (Karenzgeld hieß das damals, und damals ist erst wenig über zwanzig Jahre her, war also nicht in grauester Vorzeit) nur dann bekommen, wenn wir zu Hause selbst unsere Kinder betreut haben – heißt es doch eindeutig Kinderbetreuungs- und nicht Fremdbetreuung-außer-Haus-Kostenabdeckungs-Geld. Neuerdings aber bekommt Unternehmerin, Rechtsanwältin, Architektin oder Ärztin Geld vom Staat, dass sie damit die private Kinderkrippe oder das Kindermädchen bezahlen kann.

***

Passt perfekt! Gerade höre ich nämlich im Hintergrund aus dem Radio die Schlagzeile, mehr Männer müssen als Kinderpädagogen arbeiten. Lediglich knapp über einem Prozent in diesem Beruf sind Männer! Warum? Ja, warum denn wohl?!!!? Weil Männer nicht als Kindergartenonkel arbeiten wollen. Wenn sie das wollen würden, täten sie es. Tun sie aber nicht, weil sie lieber Automechaniker, Elektriker, Lokführer, Computertechniker, Koch oder Kellner werden möchten. Sie würden sich in den Schulen für Kindergartenpädagogik anmelden, die Aufnahmeprüfungen bestehen und das Diplom als Kindergartenpädagoge machen, tun sie aber nicht, außer einer Handvoll Burschen unter weit über hundert Mädchen. Und warum wohl? Weil Burschen lieber in HTL und Handelsakademie gehen, oder gleich aufs Gymnasium, um danach zu studieren. Aus dem gleichen Grund- weil sie das wollen - werden Mädchen Friseurinnen, Krankenschwestern und Verkäuferinnen. Wenn mehr Mädchen Männerberufe erlernen wollen würden, täten sie es.

So, wie das einzige Mädchen eines ganzen Jahrganges an der HTL (das waren immerhin fünf Klassen!), das wunderbar mit den Anforderungen der Schule zurechtkam, notenmäßig in allen Fächern zu den Besten der Klasse gehörte und alles in

114

allem eine Bereicherung für die betreffende Klasse darstellte. Die Bemerkung des zuständigen Klassenlehrers, dass sie pädagogisch wertvoll für die Klasse sei, weil sich die Jungs in Anwesenheit eines Mädchens viel besser benahmen, als dies in einer reinen Bubenklasse der Fall ist, hat mich zum Schmunzeln gebracht. Also lief alles bestens, bis zu dem Zeitpunkt, als die Klasse gemeinsam auf Schilager fuhr. Da begann dann das Problem, mit dem sich die Eltern des Mädchens an den Elternverein der Schule wandten – ich war damals als Kassier Mitglied im Vorstand. Die Jungs waren im Schilager in Mehrbettzimmern untergebracht, das Mädchen benötigte ein Einzelzimmer, was sich natürlich auf die Kosten des ohnehin nicht gerade billigen Klassenausfluges niederschlug, Einbettzimmer sind eben immer wesentlich teurer. In der Meinung, ungerecht behandelt zu werden, da die Eltern der Jungs weniger für das Schilager bezahlen mussten, stellten die Eltern des Mädchens beim Elternverein einen Antrag auf Übernahme der Mehrkosten, der auch bewilligt wurde. So viel wieder einmal zu Gleichsein und Gleichbehandlung. Da schicken Eltern ihr Mädchen auf eine fast reine Bubenschule und dann fordern sie die Bezahlung der Extrakosten von den Anderen. Wenn Mädchen schon gleichbehandelt werden wollen, dann hätte das Mädchen bei den Buben schlafen sollen, die hätten sich sehr darüber gefreut. Ach so, nein, das geht doch nicht! Mädchen sind ja anders - aber offensichtlich immer nur dann, wenn es um ihren eigenen Vorteil geht.

Fast wäre ich versucht zu sagen, dass Frauen den Männern einen großen Gefallen getan haben, mit ihrem Emanzipationsgehabe; wäre ich, wenn ich es nicht besser wüsste, denn in Wirklichkeit sehen Männer keine Vorteile darin, wie das jetzt alles aus dem Ruder zu laufen begonnen hat. Was mich vor allem sehr erstaunt ist, dass auch die jungen Männer gar nicht wollen, dass alles gleich gemacht wer-den soll.

Warum wohl tragen gerade jetzt die jungen Männer fast alle wieder Bart? Sogar Conchita Wurst? Damit jeder sieht, dass sie Männer sind!!!!!!

***

Rundum krankt es doch seit Jahren in der Gesellschaft. Tagtäglich ist in den Schlagzeilen zu lesen von rasant steigenden Scheidungsraten, sinkender Kinderanzahl; von Jugendlichen, die sich jedes Wochenende reihenweise ins Koma saufen; von Kindern, die nicht mehr lesen und schreiben, geschweige denn rechnen können, Kindern, die gewalttätig und kriminell sind, Kindern, die stark übergewichtig und fehlernährt sind; von Jugendlichen, die sich nur mehr vor dem Computer verschanzen - und keiner weiß, warum das so ist. Weiß es wirklich niemand, oder will es nur keiner zugegeben?

Liegt der Grund allen Übels in Wirklichkeit nicht doch hauptsächlich darin, dass Frauen und Männer nicht mehr da sind, wo sie sein sollten? So kann das doch nicht funktionieren! Wenn ich ein Mann wäre, würde ich auch nicht verheiratet bleiben bzw. besser gar nicht erst heiraten, Wozu auch, wenn er sich sowieso das Essen selber kochen muss, wenn er müde von der Arbeit nach Hause kommt. Käpt'n Iglo kann er sich auch selber aus der Tiefkühltruhe kaufen, nach Hause tragen und in die Mikrowelle stellen. Wozu auch, wenn sie sowieso keine Kinder bekommen will, die er doch gerne hätte, sondern sich weiter um ihre Karriere kümmern will. Wozu auch, wenn er sowieso den halben Haus-halt machen muss (okay, die andere

Hälfte macht sie, aber wenn er alleine lebt, bleibt im von vornherein nur die Hälfte, weil eine Person macht nur halb so viel Arbeit als zwei). Wozu auch, wenn für ihn sowieso absehbar ist, dass er bei einer Trennung schon einmal sein halbes Vermögen abgeben muss, egal, wer schuld daran ist, dass es schief ging.

Wieso soll man sich mit halben Sachen zufrieden geben? Ja, mit halben Sachen, denn Frauen, die sich zwischen Beruf und Familie aufteilen, machen halbe Sachen, sie sind halb Mutter (und Ehefrau) und halb Berufstätige. Zwei Hälften von Verschiedenem geben kein Ganzes, und aus Halbheiten ist noch nie etwas Großartiges entstanden. Diese Halbheiten sind verantwortlich dafür, dass so vieles nicht mehr funktioniert. Die Einen (die nicht in Prinzen verwandelbaren Kröten) rächen sich dafür und die Anderen verweigern sich, leben lieber als Singles und holen sich bei Bedarf aus der Bar für-eine-Nacht-Gratis-Sex - oder sie leben gleich mit einem anderen Mann zusammen in nicht heterosexueller Partnerschaft.

Reduziert auf die maßgeblichen Unterschiede zwischen Mann und Frau, die wir nie ausgleichen können (Leben empfangen und Leben spenden, sowie die biologisch bedingte Körperkraft), nehmen uns die Kröten-Männer aus Rache die Kinder weg, verweigern ihre Hilfe und lassen uns allein, damit wir all die Männerarbeit auch noch machen müssen – wenn sie gar kein anderes Mittel mehr finden, dann schlagen sie zu.

Frauen fördern Gewalt von Männern, wenn sie ihnen das Mann-sein verwehren und sie nur mehr auf deren Körperkraft-Unterschied reduzieren, denn dann haben sie nur mehr diese, um zu zeigen dass sie Männer sind.

Im Grunde sind es meiner Meinung nach viele der Frauen selbst und die schwachen (Kröten)Männer, die Frauenpower verhindern.

Männer, deren einzige Stärken ihre Stimmgewalt und ihre zuschlagende Körperkraft sind; Väter, die zu schwach sind, ihre Töchter vor den Misshandlungen der Mutter zu schützen; Chefs, die zu schwach und feige sind, die Alleinerzieherin-Halbtagskraft - die weit mehr berufliche Fähigkeiten aufweist, als die unzulängliche und langsam alternde, langjährige Kanzleileiterin - in Schutz zu nehmen und, um sie vor Mobbing zu bewahren, nicht sie, sondern die auf alles neidische Querulanten-Kanzleileiterin rauszuwerfen; Sport-Reporter, die zwar mutig und stark genug sind, ein brisantes Frauen-auf-Männer-Terrain-Thema stichwortartig anzureißen, aber dann doch nicht mutig genug, um sich mit einem Artikel über die wahren Tatsachen hinter eine Frau zu stellen.

Frauen, die ihren Söhnen schon von klein auf ihren Willen aufzwingen, ihnen keinen Spielraum für die Entwicklung von männlichen Stärken und Schwächen lassen, die ihre Söhne als Abladeplatz für die Abneigung gegen Männer oder als Partnerersatz verwenden und sie mit der Erfüllung von Mamas Wünschen so auf Trab halten, dass diese armen männlichen Geschöpfe von Frauen schon die Nase gestrichen voll haben, noch bevor sie das Alter erreichen, in dem man normalerweise den Wunsch verspüren würde, mit einer Frau zusammenleben zu wollen, fördern durch ihr Verhalten männliche Gewalt. „Und sie freuen sich anscheinend hämisch, wenn anderen Frauen und Mädchen Gewalt zugefügt wird, denn wieso sonst verurteilt eine Richterin mit abscheulicher Herzlosigkeit einensechsundsiebzigjährigen Mistkerl, der sich an einer Dreizehnjährigen schwer missbräuchlich vergangen hat, mit der Mindeststrafe und fügt dann zu allem Überfluss auch noch hinzu – und das kann man nur noch als Gipfel des Zynismus bezeichnen - „Hoffentlich bekommt das Mädchen dadurch keinen Schaden". „Nein, Frau Rat, einen Schaden wird es nicht bekommen, den Schaden hat das Mädchen schon und zwar einen lebenslangen – wenn sie gerne wissen wollen, wie groß der Schaden ist, ich weiß es und kann es ihnen gerne sagen", graut es sogar Teufelchen in meinem Kopf.

Mir graut nicht nur, mich graust es richtig, wenn ich die Nachricht im Fernsehen höre, dass eine Richterin einen zwanzigjährigen von der Anklage der Vergewaltigung einer Dreizehnjährigen mangels Beweisen freispricht und ihn nur zur Mindest-Haftstrafe von wenigen Monaten verurteilt, mit der Begründung, dass er ein Geständnis abgelegt hat und noch unbescholten war, das heißt, dass man ihn vorher noch nicht erwischt hat. Also hallo, liebe Frau Richterin, dann kann also jeder ein Mädchen, eine Frau, zumindest einmal ohne Bestrafung- da diese bei Erstverfehlungen ohnehin auf Bewährung ausgesetzt wird – für seine sexuellen Gelüste missbrauchen oder sie gleich vergewaltigen. Er braucht es nur zuzugeben und sich ein zweites Mal nicht mehr erwischen lassen? Wenn solche Scheußlichkeiten ein Mann durchgehen ließe, würde mir schlecht werden und ich müsste kotzen Fragen sie mich aber lieber nicht, was ich einem, solche Urteile fällenden, für Recht- und Gerechtigkeit zuständigem weiblichem Wesen wünschen würde, könnte ich über höhere Mächte verfügen.

***

„He Du, jetzt warte einmal, jetzt hör einmal auf zu quatschen. Ich glaube, ich weiß jetzt, was es wirklich auf sich hat mit der Gleichmacherei", unterbricht mich das Teufelchen in meinem Kopf. „Es sind nicht die Kröten, du weißt schon, die, die man nicht in Märchenprinzen verwandeln kann, die, von denen du gerade gesprochen hast. Es sind die anderen Kröten."

Hm? Was soll das nun wieder, was galoppiert mit dem jetzt durch meinen Kopf davon? Aha, jetzt versteh ich!! Die Kröten in der Geldtasche, Pinke-pinke, Kohle, der schnöde Mammon, Rubel, Geld, das ist die wahre Triebfeder für den ganzen Unsinn. Da hatte wohl jemand die beste Wirtschaftsidee aller Zeiten und verkaufte sie als Gleichberechtigung und Recht auf Gleichsein. Diese Idee hat sicher schon ab Anfang genug Kohle gebracht, die „Emma" hat sich doch schon gut verkauft.

Angenommenen Falls, es wohnten Mann und Frau, drei oder vier Kinder und auch noch die alte Oma in einer schön geräumigen fünf- bis sechs-Zimmer-Wohnung, dann bräuchten sie einen Fernseher, eine Waschmaschine, einen Küchenherd, eine Mikrowelle, eine Stereoanlage, eine Küchenmaschine, einen Toaster, einen Esstisch und so weiter. Ist doch blöd, wenn die vielen Leute in einer Wohnung das alles nur einmal brauchen?

Da dividieren wir doch lieber alle rechtzeitig auseinander: das Ehepaar soll sich scheiden lassen, oder besser, erst gar nicht heiraten und zusammenziehen, die Kinder so schnell wie möglich außer Haus in eine Garconniere, besser bekannt unter Single-Wohnung (Wohnklo hieß das in den siebziger Jahren) und die Oma in ein Altersheim ziehen, dann braucht es für die gleiche Anzahl an Personen sechs oder sieben Wohnungen, sechs oder sieben Fernseher, sechs oder sieben Waschmaschinen, sechs oder sieben Küchenherde und so weiter und so fort. Ist doch ein Riesengeschäft, oder nicht? Ja, da rollt endlich der Rubel! (Dieses sinngemäß wiedergegebene Gedankenkonstrukt kann man nachlesen im schriftlich festgehaltenen, inzwischen längst legendären Gespräch zwischen Sir Karl Popper und Konrad Lorenz, zwei der wahrscheinlich klügsten Köpfe unserer Zeit).

***

Es geht doch nur ums Geld und das fließt reichlich, der Rubel rollt, der Rubel rollt und die Kröten purzeln zu Hauf in die Taschen der Wirtschaftstreibenden, denn der Standardspruch beinahe aller Frauen, die ich kenne, ist: „Wenn ich schon arbeiten gehe, will ich mir auch etwas davon leisten", und das heißt, dass sie sich (noch mehr) Klamotten kaufen wollen, zum Friseur gehen wollen, mitten am Nachmittag im Kaffeehaus sitzen, auf Urlaub fahren, ein eigenes Auto haben wollen, weil sie ja ihr eigenes Geld verdienen und das muss dann natürlich mit beiden Händen wieder ausgegeben werden. Und wegen der paar Kröten, die ihr übrig bleiben, weil sie außer Haus arbeiten geht, opfert Frau ihre Kinder, entweder, weil sie erst gar keine bekommt um die Karriere nicht zu zerstören oder sie in Fremdbetreuung abschiebt, um in irgendeinem Lebensmittel-Discounter oder einem Drogeriemarkt die Regale einzuräumen, um das Geld zu verdienen, das sie gar nicht bräuchte, wenn sie zu Hause bleiben und sich selber um ihre Kinder kümmern würde – und anstatt das Zeug aus der Tiefkühltruhe in der Mikrowelle heiß zu machen, selber kochte. Aber das ist nicht gewollt, denn der Rubel muss rollen, der Rubel muss rollen.

Zuerst einmal wird dafür gesorgt, dass Frau so lange wie möglich keine Kinder bekommt und dem Arbeitsmarkt voll zur Verfügung steht, dafür braucht es Verhütungsmittel wie die Pille und andere hormondurcheinanderbringende Dinge - um Kondome doch noch an den Mann zu bringen, schürt man die Ängste vor Geschlechtskrankheiten, die es nicht geben würde, wenn Frau nicht mit jedem X-beliebigem nach kürzester Zeit (siehe irgendwo weiter oben schon hingeschrieben!) in die Kiste springen würde – wenn die dann lange genug genommen worden sind und Frau für eine ganz normale Schwangerschaft schlichtweg zu alt ist (ja, die Chancen, schwanger zu werden, nehmen immer noch proportional mit dem Alter ab!) hat man dafür die Reproduktionsmethoden erfunden und entwickelt, dass die Kosten auch dafür horrende sind, ist auch nicht mehr die Neuigkeit des Tages.

Droht jedoch wider Erwarten trotzdem eine Karriere-Schädigung infolge einer Schwangerschaft, verdient sich damit in meiner Geburtsstadt ein Abtreibungsarzt seit Jahren eine goldene Nase. - Wenn ich diesen Menschen bei einer Veranstaltung oder in irgendeinem Lokal sehe, wird mir regelmäßig schlecht und ich muss aufpassen, nicht zu kotzen.

Noch viel mehr Brechreiz beschert mir aber die Forderung einer (ja, weiblichen!!) Politikerin, Abtreibungen im Krankenhaus zu ermöglichen, möglichst auch noch auf Krankenschein. Hauptsache, der Rubel rollt, der Rubel rollt, der Rubel rollt.

War das blöde Störfaktum Kind doch nicht aufzuhalten, dann wird alles unternommen, dass die Mutter so schnell wie möglich nach der Geburt wieder Arbeiten geht, -und das Kind bitte ja nicht stillt, Nestle muss doch auch noch daran verdienen - dann müssen Kindergärten, Kinderkrippen, neue Räumlichkeiten für die Nachmittagsbetreuung in den Schulen gebaut, eingerichtet, mit dem notwendigen Personal, das dann wieder Lohnsteuer zahlen und Sachen kaufen kann, ausgestattet werden. Und der Rubel rollt, der Rubel rollt, der Rubel rollt.

Wenn Mama arbeiten geht, ist auch keiner zu Hause, der mit den Kindern lesen, schreiben und rechnen üben kann, also braucht es Nachhilfestunden – und die geben witziger weise dann die Lehrer, die für ihre Arbeit eigentlich, wie die meisten anderen Dienstnehmer auch, acht Stunden am Tag bezahlt werden am Nachmittag, also während ihrer bezahlten Arbeitszeit.

Wenn Mama außer Haus arbeitet, fehlt ihr natürlich die Zeit, die notwendig wäre etwas zu kochen, also kauft Frau Fertiggerichte; anstatt zu Hause von Mutter hergerichtete Jausebrote in die Schule mitzunehmen, geht der Nachwuchs in die Fastfood-

Kette und der Rubel rollt, der Rubel rollt, der Rubel rollt. Weil das arme Kind abgeschoben wird in Fremdbetreuung, regt sich dann und wann natürlich das schlechte Gewissen, um das zu bekämpfen, bekommt der Nachwuchs Berge von Geschenken zu jedem erdenklichen Anlass; Geburtstag wird nicht mehr zu Hause gefeiert, ist ja niemand da, alle sind arbeiten, wozu gibt es denn organisierte Geburtstagsfeste; das Kind wird modisch ausstaffiert mit superschicken Kinderklamotten, schließlich verdient man ja eigenes Geld, das sollen die Nachbarn ruhig sehen. Und wieder rollt der Rubel, der Rubel rollt, der Rubel rollt. Er rollt beim Handyanbieter, weil Kind will ja manchmal mit Mama reden oder zumindest wissen, wie lange es noch alleine hungrig zu Hause vor dem Fernseher sitzen muss, und Mama ist beruhigt, dass jederzeitiger Kontakt mit ihrem Sprössling möglich ist; bei den Computerspieleherstellern, denn wenn die Kids davor sitzen und spielen, vergessen sie sowieso alles um sie herum und sie merken gar nicht, ob da noch irgendjemand in der Wohnung anwesend ist. In den Ferien ist auch niemand zu Hause, um den Nachwuchs zu betreuen, also schickt man ihn in Sprach- oder Sportcamps, zu allen möglichen offerierten Erlebnisevents, ins Ferienlager, schlimmstenfalls in die Sommerkinderbetreuung, damit die Schulen und Kindergärten über den Sommer nicht leer stehen und die Studentinnen eine Anstellung als Ferien-Kinder-Aufpasser-und-Unterhalter finden können, alle im Gastgewerbe unterzubringen, geht sich ja nicht aus. Weil Mama und Papa dann endlich auch einmal Anspruch auf Urlaub haben – schließlich verdienen sie das ganze Jahr über Geld – geht es zwei oder drei Wochen all inclusive in die Türkei oder nach Griechenland, in Länder, deren Einwohner man zwar bei uns nicht haben will, das Essen dort auch nicht verträgt und davon das Kotzen kriegt, aber es ist billiger, dort Urlaub zu machen, als bei uns. Abbezahlt wird das Ganze dann während der nächsten zwölf Monate. Wieder ein triftiger Grund, dass natürlich auch Mama arbeiten gehen muss, mit einem Gehalt schafft man das natürlich nicht. Wieder rollt der Rubel, der Rubel rollt, der Rubel rollt.

Papa (manchmal auch Mama) hat irgendwann die Nase voll, geht erst auf Umwegen übers Gasthaus nach Hause und kippt dann dort auch noch das eine oder andere Bierchen, wobei die Kids dann auch gleich lernen, dass mit dem entsprechenden Quantum Alkohol intus manches im Nebel und leichter zu ertragen ist. Wenn das bei Papa funktioniert, dann wohl auch bei den Kids und die saufen sich dann schon mit elf, zwölf Jahren regelmäßig ins Koma und landen auf der Intensivstation - die sonst wahrscheinlich eher leer stehen würde. Um aus diesem Suchtverhalten wieder aussteigen zu können, wird der danebengeratene Nachwuchs zur Suchprävention oder gleich zur Psychotherapie geschickt – und schon wieder rollt der Rubel, der Rubel rollt, der Rubel rollt.

„Aber am allerbesten rollt dann der Rubel, wenn die ganze Familie infolge Abwesenheit der eigentlich von der Natur dafür vorgesehen und zuständig Gewesenen endlich auseinanderbricht", frohlockt das Teufelchen in meinem Kopf.

Dann gibt es erst richtig etwas zu verdienen, für Partnerberater, Rechtsanwälte, Kinderpsychologen und, nicht zu vergessen, die Immobilienwirtschaft und Möbelbranche. Dank der glorreichen Idee von geteiltem Sorgerecht, braucht jetzt auch der wegziehen müssende Elternteil zumindest eine Drei-Zimmer-Wohnung. Früher hat der, aus eigenem Verschulden - da mit einer Jüngeren, (weniger Keifenden und mit weniger Migränetagen Ausfallenden?) fremdgegangen - geschieden gewordene Ehe-Teil, sein künftiges Dasein in einer Garconniere fristen müssen, hat auch funktioniert. Das geht jetzt nicht mehr, weil die Kinder jetzt an jedem Wochenende und drei Wochen in den Ferien das Recht haben, bei dem anderen Elternteil zu wohnen (ob sie das auch wollen, weg von ihren Freunden und ihrer gewohnten Umgebung, getrauen sie sich sowieso nicht zu sagen, weil sie weder Papa noch Mama Schmerz zufügen wollen). Da braucht es noch ein zweites Kinderzimmer und die Spielsachen, zumindest die wichtigsten, auch noch einmal in zweiter Ausfertigung. Ja, da rollt er wieder, der Rubel, der Rubel rollt, der Rubel rollt.

***

„Jetzt magst aber langsam aufhören, mit den Beispielen, sonst wird dir nur schlecht, und du musst kotzen" stichelt das Teufelchen in meinem Kopf und recht hat es.

Ich bin sowieso schon lange der Meinung, dass seit Alice Schwarzer Frau sein zum Kotzen ist und deswegen so viele Frauen ihr Essen ins Klo befördern. „Oh, oh, jetzt sind wir aber wieder böse!" Sei still Teufelchen, das wird man, wenn man sich das alles näher anschaut und erkennt, was die uns für Märchen erzählt haben über Freiheit für Frauen, mehr Rechte, Männer braucht man nicht und den ganzen anderen Unfug.

Zu Aschenputtel sind wir alle geworden, müssen neben der Hausarbeit auch noch außer Haus arbeiten gehen und uns dann als Strafe, weil wir uns vereinzelt doch, zumindest den halben Tag, selbst um unsere Kinder gekümmert haben, mit ein paar Euro über der Mindestpension durch die letzten Lebensjahre kämpfen. Wenn das nicht zum Kotzen ist, was dann?

Das da vielleicht? Dass die, auf den höchsten Schreipositionen sich Befindlichen, ausgestattet mit einem reichlich genügenden Kröten-Einkommen, den anderen Frauen neuerdings permanent Angst machen damit, dass sie, sollten sie - zum Frau sein stehend - zu Hause bleiben und ihre Kinder selbst versorgen, oder gar- igitt, igitt - einem Mann das Essen kochen und die Wäsche waschen, mit ein paar wenigen Geldtaschen-Kröten als eigene Pension im Armenhaus landen werden. Nein, das tun sie nicht, denn da sind Kinder und ein Ehemann (bzw. dessen Witwenpension), die sie davor beschützen. Anscheinend war das immer schon die beste Altersversorgung, dazu brauche ich mir nur eine Eisenbahnerwitwe in meinem näheren Umfeld anzuschauen, die nach unzähligen Jahren als Hausfrau und Mutter, einigen wenigen Jahren Berufstätigkeit in einem täglich-zwei-Stunden-Putz-Job, jetzt siebzigjährig, gesegnet mit einem Pensionseinkommen von insgesamt tausendfünfhundert Euro (netto!) in einer vierundneunzig Quadratmeter großen vier-Zimmer-Wohnung, für knapp vierhundert Euro Mietzins, residiert – und diese Wohnung kann sich der Staat nicht unter den Nagel reißen, wenn sie zum vierundzwanzig Stunden Pflegefall werden sollte, da ist dann auch noch genügend Platz für die Altenpflegerin aus Rumänien. Nur das Aschenputtel, das übersehen hat rechtzeitig auszubüxen, landet im Armenhaus, Papas Prinzessinnen und böse Königinnen nicht, die haben das Vermögen der Männer.

***

Da war ich, nach der nicht so erquicklichen Schulzeit, nun endlich angekommen im Berufsleben, schick gekleidet im eigenen Vorzimmer-Büro, vom Chef ausgestattet mit einem Übermaß an Vertrauen in meine Fähigkeiten und für meine Jugend mit viel zu viel Verantwortung. Mich machte es damals natürlich unglaublich stolz, die Aktenmappe unter den Arm geklemmt mit knapp neunzehn Jahren an meines Chefs statt zu Gericht, Versicherungen und anderen wichtigen Ämtern gehen zu können und, mit entsprechender Vollmacht ausgestattet, selbständig unkompliziertere Verhandlungen zu führen

Heute weiß ich, dass ich das alles nur der Bequemlichkeit und Faulheit meines Chefs verdankte. Es war für ihn mehr als nur praktisch, eine so tüchtige Mitarbeiterin die Arbeit eines Konzipienten machen zu lassen und ihr dafür nur das Gehalt einer Sekretärin zahlen zu müssen. Dafür bin ich ihm aber auch heute noch nicht böse, denn ich ging so zwar durch eine harte, aber dafür gute Schule, und die Kenntnisse, die ich mir nach so kurzer Zeit im Berufsleben aneignen konnte, waren der beste Grundstock für meine weitere Berufskarriere.

Und da war er dann plötzlich - ich bin tatsächlich in dieser Kanzlei meinen ersten Ehemann begegnet. Nein, es war nicht der Chef, der war schon verheiratet und ein vollendeter Gentleman, der nie

133

und nimmer seine Sekretärin angebaggert hätte, meine Mutter hatte jedoch nur ganz vage Recht mit der, von ihr bei meiner Schulwahl in Aussicht gestellten, Ehemöglichkeit einer Sekretärin.

Mich angelte sich einer der besten Klienten – und ich bereue es heute noch, dass ich mich habe einfangen lassen – ab diesem Zeitpunkt begann die Doppelbelastung und kaum jemals wieder ist mein Glaube an das Märchen von den neuen Möglichkeiten einer Frau so rapide in Richtung Nichts geschrumpft, als während dieser Beziehung.

Es brauchte auch nicht allzu lange Zeit, dass ich – schon wieder – den krassen Unterschied zwischen Mann und Frau, also mir, als Ehefrau, und ihm, als Ehemann, glasklar vor Augen geführt bekam, welcher darin bestand, dass wir zwar beide nach einem anstrengenden acht Stunden Tag müde und erschöpft nach Hause kamen, aber nur er sich auf der Couch vor dem Fernseher ausstrecken konnte und auf das Abendessen warten. Das Abendessen nach vorheriger Beschaffung der notwendigen Utensilien zubereiten, entsprechend ansehnlich auf den Tisch bringen und danach die ganzen Spuren in der Küche wieder beseitigen, war natürlich meine Aufgabe (aufräumen, Staubsaugen, Fensterputzen, bügeln und all der andere Hausarbeitskram natürlich auch. Geteilt wurden nur die

Kosten für den Haushalt und zwar exakt und genauestens auf Heller und Pfennig durch zwei. - natürlich erst nach dem Herausklauben und Abziehen des Preises für das halbe Kilo Äpfel, von dem nur ich gegessen hatte. Ich trug die Hälfte der Kosten und machte dafür die ganze Arbeit, das nennt man dann wohl geteiltes Leid.

Als sich dann, allerdings erst kurz nach der Hochzeitsreise, auch noch herausstellte, dass der mir Angetraute absolut keine Kinder haben wollte, obwohl er die Frage des Priesters in der Kirche „Wollt ihr die Kinder annehmen, die Gott euch schenkt" mit einem lauten und kräftigen Ja beantwortet hatte, er also nicht nur mich, sondern auch noch den Priester angelogen hatte, fragte ich mich mit meinen fünfundzwanzig Jahren, wozu ich in dieser Ehe bleiben sollte, Arbeiten gehen und mich selber versorgen, das könnte ich auch alleine. Aschenputtel büxte aus in ihren roten Ballerinas und schaffte es, ohne einen Schuh zu verlieren, zu entkommen.

„Dann war halt nix mit Kids, dann gab es eben den Super Job", will Teufelchen mich gerne unterbrechen. Und darüber verging Jahr um Jahr, und plötzlich war ich bereits über dreißig – das war damals die absolute Deadline fürs Kinderkriegen – und drauf und dran, meinen Kinderwunsch und meine ureigene Vorstellung von Frau sein mangels passender männlicher Gelegenheit an den Nagel zu hängen und mich bis zur Pension nur noch der Karriere zu widmen. So hatte ich mir das als Mädchen nicht vorgestellt, aber alles läuft eben nicht so, wie man sich das als kleines Aschenputtel erträumt. Dachte ich, befürchtete ich, es kam aber ganz anders.

„Armes Mädchen, jetzt ist dein Leben auch vorbei", waren die wieder einmal überflüssigen Worte meiner Mutter, als sie er-fuhr, dass ich schwanger war. „Was? Wie? Mein Leben vorbei? Heute stirbt man doch nicht mehr wegen Schwangerschaft und Geburt? Oder doch? In meinem fortgeschrittenen Alter?", sausten mir die Gedanken durch den Kopf, - im ersten Augenblick hatte ich nicht verstanden, was sie meinte - antwortete dann aber prompt: „Nein, Mama, du irrst dich gewaltig, mein Leben fängt jetzt erst richtig an". Und so war es dann auch.

Heute bin ich froh, dass ich mich, all den vielen Widerständen zum Trotz, dafür entschieden habe, nicht einen Abtreibungsarzt an meiner Schwangerschaft verdienen zu lassen und meinen Sohn zur Welt zu bringen, ihn alleine aufzuziehen, meine Karriere als Direktionssekretärin samt dem tollen Salär einzutauschen gegen die Karriere als Mutter. Heute bin ich froh, dass mich der Vater meiner Tochter kurz vor ihrer Geburt dann doch nicht geheiratet hat und abgehauen ist. Zugegeben, es war schmerzlich und demütigend, den Brautsalon dazu zu bewegen, das für mich sündhaft teure Hochzeitskleid zurückzunehmen, sechsundneunzig Hochzeitseinladungen zu zerreißen und in den Müll zu schmeißen. Heute bin ich mehr als stolz darauf, wie und dass ich das alles geschafft habe, dass ich nach all den nicht-in-einen-Prinzen-verwandelbare-Kröten und deren tiefe Spuren hinterlassende Racheaktionen schlussendlich den Mut fand, mein kleines drei-Personen-Reich gänzlich alleine zu regieren. Es war verdammt schwer ohne Mann - und ist es heute immer noch.

All die Männerarbeit auch noch verrichten zu müssen, hat mich beinahe meine Gesundheit gekostet. Die Werkstattkurse meines Vaters nützen mir jetzt nichts mehr, mein Körper ist ein Frauenkörper, und der wurde nicht gemacht für Männerarbeit, mein Körper hat nun einmal weibliches Geschlecht.

„Kugelfische (Nemo ist so einer) wandeln doch ihr Geschlecht – wollen die jetzt aus den Menschen Kugelfische machen? Alles Nemo, oder was?" meldet sich ein letztes Mal das Teufelchen in meinem Kopf zu Wort, und mir fällt dazu nur noch ein: „Dann hört endlich auf mit dem Unsinn, Frauen dazu zu bringen, wie Männer sein zu wollen und ihnen das Märchen zu erzählen, sie könnten es! Hört auf mit dem Unsinn, Männer dazu zwingen zu wollen wie Frauen zu sein. Frauen, die auf Gleichheit bestehen, verzichten auf ihre Überlegenheit!

Mann und Frau sind nicht gleich, schaut sie euch doch einfach noch einmal an! Lasst uns doch einfach alle wieder entweder Frau oder Mann sein und das betonen und das hervorstreichen, was wirklich unsere Stärken sind, das tun, was wir wirklich wollen, gern tun und auch gut können".

.... und es hört dann einfach niemand mehr zu, wenn sie weiter diese unsinnigen Märchen erzählen.

***

Nachwort und Dank

Wenn jemand sich in diesem Buch wiedererkennt, so war genau das meine Absicht, aber nicht, um mit ihm abzurechnen oder Rache zu üben, nein, sondern, weil es mir vielleicht mit diesem Buch gelungen sein könnte, dass - Traum aller Träume – einige Menschen endlich anfangen nachzudenken, besonders die Menschen, die nie gehört haben, was ich gesagt habe, entweder, weil es sie nicht interessiert hat, weil sie keine Zeit hatten mir zuzuhören, oder weil sie meine Sprache nicht verstanden haben - oder weil sie es nicht hören wollten, weil ihnen nicht gefallen hat, was ich ihnen sa-gen wollte oder gesagt habe, aber dann wird Ihnen dieses Buch erst recht nicht gefallen.

Es wäre ihnen dann immer noch die Möglichkeit geblieben, dieses Buch einfach nicht zu lesen; wobei ich befürchte, dass gerade diejenigen, die sich erkennen sollten, gerade dies auch getan haben: dieses Buch nicht zu lesen. Denn, das Einfachste ist doch, etwas nicht zu tun, wenn man tief drinnen Angst hat vor dem Ergebnis.

Auch erübrigt sich der Hinweis auf etwas frei Erfundenes, weil man so etwas sowieso nur erfinden kann, und das auch nur, wenn man über genügend überschäumende Fantasie verfügt. Denn, wenn die Menschen etwas nicht glauben können oder glauben wollen, sich an etwas nicht erinnern können oder erinnern wollen, dann hat es der Erzähler einfach frei erfunden, oder?

Nicht erfunden - und von oben Gesagtem ausgenommen - sind die für-mich-unverzichtbar-weil-sehr-wichtig-Menschen, denen mein besonderer Dank gilt:

Allen voran mein Sohn Daniel - ohne dessen technischen Support ich am Computer manchmal hoffnungslos verloren gewesen wäre – und meine Tochter Vanessa – die, als passionierter Bücherwurm, unzählige Male als Test-Buchkäuferin, Test-Leserin und Probe-Zuhörerin herhalten musste; meine Freundinnen Astrid Raitmayr und Johanna Penz - die beide mit ihren professionellen Tipps und guten Ratschlägen weiterhelfen und mir immer wieder Mut machend und motivationsfördernd zur Seite stehen; meine ehem. Deutschprofessorin Mag. Karin Eliskases - deren Worte „Du solltest ein Buch schreiben" mich solange verfolgt haben, bis mir nichts anderes mehr übrig blieb, als es wirklich zu tun; mein „Buchvater" Elias Schneitter - der hauptverantwortlich dafür ist, dass ich das Buch dann doch trotz aller Widerstände so zügig fertig geschrieben habe und es jetzt in Händen halte; mein Onkel Peter (von allen Bodo genannt) - der mir von klein auf das Gefühl gab, seine Prinzessin zu sein, den ich am öftesten mit meine-Ideen-für-eine-Geschichte, welcher-Titel-passt-besser, bitte-Probe-lesen und per-Telefon-Zuhörer-einer-geplanten-Lesung-sein drangsalieren durfte. Es macht mich unfassbar traurig, dass er die Herausgabe dieses Buches nicht mehr erleben durfte.

Ein extra Danke geht an Gabriel Barylli – ich bin mir sicher, er weiß warum und wofür.

DANKE, dass es euch alle in meinem Leben gibt, denn ohne euch gäbe es das Buch nicht (all die anderen Werke, die ich in den letzten Jahren geschaffen habe, wahrscheinlich auch nicht).

Margit Helga Hosp

geboren 1955 in Innsbruck, lebt seit 2005 in Völs. Seit frühester Jugend beschäftigt sich die Künstlerin mit Literatur und Malerei. Bevor sie sich ganz dem Schreiben widmete, war sie hauptberuflich als Alleinerzieherin von zwei Kindern, brotberuflich als Rechtsanwaltsassistentin tätig.

Die Kurzgeschichte **„Auf flachen Sohlen auf und davon"** wurde beim **„Schwazer Silbersommer 2013"** mit dem **Ersten Preis** ausgezeichnet. „Märchen alles nur Märchen" ist ihr erster Roman.

https://www.lovelybooks.de/Autor/Margit-Helga-Hosp/